人生苦短，

可有什么人或事，

让你愿意为之停下脚步，

静静欣赏？

——朱光潜

2018.

人生本来就是一种较广义的艺术，

每个人的生命史就是他自己的作品。

——朱光潜

美在从容 生活间

měi zài cóng róng shēng huó jiān

朱光潜 著

中国致公出版社
China Zhigong Press

图书在版编目（CIP）数据

美在从容生活间 / 朱光潜著 . -- 北京：中国致公出版社，2018

ISBN 978-7-5145-1353-0

Ⅰ. ①美… Ⅱ. ①朱… Ⅲ. ①随笔－作品集－中国－当代 Ⅳ. ① I267.1

中国版本图书馆 CIP 数据核字（2018）第 218861 号

美在从容生活间

朱光潜　著

责任编辑：尤　敏　王宏亮

责任印制：岳　珍

出版发行：中国致公出版社 China Zhigong Press

地　　址：北京市海淀区翠微路 2 号科贸楼

邮　　编：100036

电　　话：010-85869872（发行部）

经　　销：全国新华书店

印　　刷：三河市春园印刷有限公司

开　　本：880 毫米 ×1230 毫米　1/32

印　　张：8.5

字　　数：130 千字

版　　次：2018 年 10 月　　2018 年 10 月第 1 次印刷

定　　价：46.00 元

编者序

什么是美？对于这个问题，每个人都有自己的答案。尽管许多人对于自己的美学观念深信不疑，但并不见得能得到大多数人的赞同。

因为美是一个根源性的哲学问题，古往今来，无数的美学家对此展开自己的论述，也未见达成类似于一加一等于二而不等于三的共识。

在纷繁热闹的民国时代，西方的美学思想传入中国，并最终与未成体系的中国传统美学相遇，种种激荡与磨合，终于形成了中国的现代美学，如果回顾这个过程，最不能避开的就是朱光潜先生。

而当我们把目光聚焦于朱光潜身上，我们会惊奇地发现朱光潜先生及其美学思想最能代表中国现代美学的命运——

坎坷，曲折，甚至暂时的倒退，都曾有过。

但自他将美学研究视为毕生事业后，便终生矢志不渝地坚持了下来。

因此，现在回看朱光潜的散文，不仅有助于了解中国美学发展的历程，也有助于我们了解一代美学大师为人处世的思想。

这本选集是以中华书局历年出版的各版朱光潜的专著为底本的，主要收录了朱光潜先生一生中最具代表性的数十篇散文，内容丰富，极具典型性。

在编辑过程中，我们除改正了工作底本中的一些错漏之外，对于语法、外国人名及各种专有名词等，均未加修改，最大程度地保留了原文的面貌。

除此之外，我们还对书中的相关引文做了勘校，并加入适当的注释，以期读者能够有更好的阅读体验。

当然，由于时间仓促，加上我们能力有限，书中不可避免地会有一些疏忽之处，希望广大读者不吝指教。

目录 Contents

1 此身、此时、此地

此身、此时、此地

chapter 1

谈立志

抗战以前与抗战以来的青年心理有一个很显然的分别：抗战以前，普通青年的心理变态是烦闷；抗战以来，普通青年的心理变态是消沉，烦闷大半起于理想与事实的冲突。在抗战以前，青年对于自己前途有一个理想，要有一个很好的环境求学，再有一个很好的职业做事；对于国家民族也有一个理想，要把侵略的外力打倒，建设一个新的社会秩序。这两种理想在当时都似很不容易实现，于是他们急躁不耐烦，失望，以至于苦闷。抗战发生时，我们民族毅然决然地拼全副力量来抵挡侵略的敌人，青年们都兴奋了一阵，积压许久的郁闷为之一畅。但是这种兴奋到现在似已逐渐冷静下去，国家民族的前途比从前光明，个人求学就业也比从前容易，虽然大家都硬着脖子在吃苦，可是振作的精神似乎很缺乏。在学校的学生们对功课很敷衍，出了学校就职业的人们对事业也很敷衍，对于国家大事和世界政局没有像从前那样关切。这是一个很可忧虑的现象，因为横在我们面前的还有比抗敌更艰难的局面，需要更坚决更沉着的努力来应付，而我们青年现在所表现的精神显然不足以应付这种艰难的局面。

如果换个方式来说，从前的青年人病在志气太大，目前的青年病在志气太小，甚至于无志气。志气太大，理想过高，事实迎不上头来，结果自然是失望烦闷；志气太小，因循苟且，麻木消沉，结果必至于堕落。所以我们宁愿青年烦闷，不愿青年消沉。烦闷至少是对于现实的欠缺还有敏感，还可以激起努力；消沉对于现实的欠缺就根本麻木不仁，绝不会引起改善的企图。但是说到究竟，烦闷之于消沉也不过是此胜于彼，烦闷的结果往往是消沉，犹如消沉的结果往往是堕落。目前青年的消沉与前五六年青年的烦闷似不无关系。烦闷是耗费心力的，心力耗费完了，连烦闷也不曾有，那便是消沉。

一个人不会生来就烦闷或消沉的，因为人都有生气，而生气需要发扬，需要活动。有生气而不能发扬，或是活动遇到阻碍，才会烦闷和消沉。烦闷是感觉到困难，消沉是无力征服困难而自甘失败。这两种心理病态都是挫折以后的反应。一个人如果经得起挫折，就不会起这种心理变态。所谓经不起挫折，就是没有决心和勇气，就是意志薄弱。意志薄弱经不起挫折的人往往有一套自宽自解的话，就是把所有的过错都推诿到环境。明明是自己无能，而埋怨环境不允许我显本领；明明是自己甘心作坏人，而埋怨环境不允许我做好人。这其实是懦夫的心理，对于自己全不肯负责任。环境永远不会美满的，万一它生来就美满，人的成就也就无甚价值。人所以可贵，就在他不像猪豚，被饲而肥，他能够不安于污浊的环境，拿力量来改变它，征服它。

普通人的毛病在责人太严，责己太宽。埋怨环境还由于缺乏自省自责的习惯。自己的责任必须自己担当起，成功是我的成功，失败也是我的失败。每个人是他自己的造化，环境不足畏，犹如命运不足信。我们的民族需要自力更生。我们每个人也是如此。我们的青年必须先有这种觉悟，个人和国家民族的前途才有希望。能责备自己，信赖自己，然后自己才会打出一个江山来。

我们有一句老话："有志者事竟成。"这话说得很好，古今中外在任何方面经过艰苦奋斗而成功的英雄豪杰都可以做例证。志之成就是理想的实现。人为的事实都必基于理想，没有理想决不能成为人为的事实。譬如登山，先须存念头去登，然后一步一步的走上去，最后才会达到目的地。如果根本不起登的念头，登的事实自无从发生。这是浅例。世间许多行尸走肉浪费了他们的生命，就因为他们对于自己应该做的事不起念头。许多以教育为事业的人根本不起念头去研究，许多以政治为事业的人根本不起念头为国民谋幸福。我们的文化落后，社会紊乱，不就由于这个极简单的原因么？这就是上文所说"消沉"、"无志气"。"有志者事竟成"，无志者事就不成。

不过"有志者事竟成"一句话也很容易发生误解，"志"字有几种意义：一是念头或愿望（wish），一是起一个动作时所存的目的（purpose），一是达到目的的决心（will，determination）。譬如登山，先起登的念头，次要一步一步的走，而这走必步步以登为目的，路也许长，障碍也许多，须抱定决心，不达目的不止，然后登的愿望才可以实现，登的目的才可以达到。"有志者事竟成"的志，须包含这三种意义在内：第一要起念头，其次要认清目的和达到目的之方法，第三是抱必达目的之决心。很显然的，要事之成，其难不在起念头，而在目的之认识与达到目的之决心。

有些人误解立志只是起念头。一个小孩子说他将来要做大总统，一个乞丐说他成了大阔佬要砍他的仇人的脑袋。所谓“癞蛤蟆想吃天鹅肉”，完全不思量达到这种目的所必有的方法或步骤，要不抱定循这方法步骤去达到目的之决心，这只是狂妄，不能算是立志。世间有许多人不肯学乘除加减而想将来做算学的发明家，不学军事、学当兵打仗而想将来做大元帅东征西讨，不切实培养学问技术而想将来做革命家改造社会，都是犯这种狂妄的毛病。

如果以起念头为立志，则有志者事竟不成之例甚多。愚公尽可移山，精卫尽可填海，而世间却实有不可能的事情。我们必须承认“不可能”的真实性。所谓“不可能”，就是俗语所谓“没有办法”，没有一个方法和步骤去达到所悬想的目的。没有认清方法和步骤而想达到那个目的，那只是痴想而不是立志。志就是理想，而理想的理想必定是可实现的理想。理想普通有两种意义，一是“可望而不可攀，可幻想而不可实现的完美”，比如许多宗教都以长生不老为人生理想，它成为理想，就因为事实上没有人长生不老。理想的另一意义是“一个问题的最完美的答案”，或是“可能范围以内的最圆满的解决困难的办法”。比如长生不老虽非人力所能达到，而强健却是人力所能达到的，就人的能力范围来说，强健是一个合理的理想。这两种意义的分别在一个蔑视事实条件，一个顾到事实条件，一个渺茫无稽，一个有方法步骤可循。严格地说，前一种是幻想、痴想而不是理想，是理想都必顾到事实。在理想与事实起冲突时，错处不在事实而在理想。我们必须接受事实，理想与事实背驰时，我们应该改变理想。坚持一种不合理的理想而至死不变只是匹夫之勇，只是“猪武”。我特别着重这一点，因为有些道德家在盲目地说坚持理想，许多人在盲目地听。

我们固然要立志，同时也要度德量力。卢梭在他的教育名著《爱弥儿》里有一段很透辟的话，大意是说人生幸福起于愿望与能力的平衡。一个人应该从幼时就学会在自己能力范围以内起愿望，想做自己所能做的事，也能做自己所想做的事。这番话出诸浪漫色彩很深的卢梭尤其值得我们玩味。卢梭自己有时想入非非，因此吃过不少的苦头，这番话实在是经验之谈。许多烦闷，许多失败，都起于想做自己所不能做的事，或是不能做自己所想做的事。

志气成就了许多人，志气也毁坏了许多人。既是志，实现必不在目前而在将来。许多人拿立志远大作藉口，把目前应做的事延宕贻误。尤其是青年们欢喜在遥远的未来摆出一个黄金时代，把希望全寄托在那上面，终日沉醉在迷梦里，让目前宝贵的时光与机会错过，徒贻后日无穷之悔。我自己从前有机会学希腊文和意大利文时，没有下手，买了许多文法读本，心想到四十岁左右时当有闲暇岁月，许我从容自在地自修这些重要的文字，现在四十过了几年了，看来这一生似不能与希腊文和意大利文有缘分了，那箱书籍也恐怕只有摆在那里霉烂了。这只是一例，我生平有许多事叫我追悔，大半都像这样“志在将来”而转眼即空空过去。“延”与“误”永是连在一起，而所谓“志”往往叫我们由“延”而“误”。所谓真正立志，不仅要接受现在的事实，尤其要抓住现在的机会。如果立志要做一件事，那件事的成功尽管在很远的将来，而那件事的发动必须就在目前一顷刻。想到应该做，马上就做，不然，就不必发下一个空头愿。发空头愿成了一个习惯，一个人就会永远在幻想中过活，成就不了任何事业，听说抽鸦片烟的人想头最多，意志力也最薄弱。老是在幻想中过活的人在精神方面颇类似烟鬼。

我在很早的一篇文章里提出我个人做人的信条，现在想起，觉得其中仍有可取之处，现在不妨趁此再提出供读者参考。我把我的信条叫做“三此主义”，就是此身，此时，此地。一、此身应该做而且能够做的事，就得由此身担当起，不推诿给旁人。二、此时应该做而且能够做的事，就得在此时做，不拖延到未来。三、此地（我的地位、我的环境）应该做而且能够做的事，就得在此地做，不推诿到想象中的另一地位去做。

这是一个极现实的主义。本分人做本分事，脚踏实地，丝毫不带一点浪漫情调。我相信如果我们能够彻底地照着做，不至于很误事。西谚说得好：“手中的一只鸟，值得林中的两只鸟。”许多“有大志”者往往为着觊觎林中的两只鸟，让手中的一只鸟安然逃脱。

朝抵抗力最大的路径走

我提出这个题目来谈，是根据一点亲身的经验。有一个时候，我学过做诗填词。往往一时兴到，我信笔直书，心里想到什么，就写什么，写成了自己读读看，觉得很高兴，自以为还写得不坏，后来我把这些处女作拿给一位精于诗词的朋友看，请他批评，他仔细看了一遍后，很坦白地告诉我说："你的诗词未尝不能做，只是你现在所做的还要不得。"我就问他："毛病在哪里呢？"他说："你的诗词都来得太容易，你没有下过力，你欢喜取巧，显小聪明。"听了这话，我捏了一把冷汗，起初还有些不服，后来对于前人作品多费过一点心思，才恍然大悟那位朋友批评我的话真是一语破的。我的毛病确是在没有下过力。我过于相信自然流露，没有知道第一次浮上心头的意思往往不是最好的意思，第一次浮上心头的词句也往往不是最好的词句。意境要经过洗炼，表现意境的词句也要经过推敲，才能脱去渣滓，达到精妙境界。洗炼推敲要吃苦费力，要朝抵抗力最大的路径走。福楼拜自述写作的辛苦说："写作要超人的意志，而我却只是一个人！"我也有同样感觉，我缺乏超人的意志，不能拼死力往里钻，只朝抵抗力最低的路径走。

这一点切身的经验使我受到很深的感触。它是一种失败，然而从这种失败中我得到一个很好的教训。我觉得不但在文艺方面，就在立身处世的任何方面，贪懒取巧都不会有大成就，要有大成就，必定朝抵抗力最大的路径走。

"抵抗力"是物理学上的一个术语。凡物在静止时都本其固有"惰性"而继续静止，要使它动，必须在它身上加"动力"，动力愈大，动愈速愈远。动的路径上不能无抵抗力，凡物的动都朝抵抗力最低的方向。如果抵抗力大于动力，动就会停止，抵抗力纵是低，聚集起来也可以使动力逐渐减少以至于消灭，所以物不能永动，静止后要它续动，必须加以新动力。这是物理学上一个很简单的原理，也可以应用到人生上面。人像一般物质一样，也有惰性，要想他动，也必须有动力。人的动力就是他自己的意志力。意志力愈强，动愈易成功；意志力愈弱，动愈易失败。不过人和一般物质有一个重要的分别：一般物质的动都是被动，使它动的动力是外来的；人的动有时可以是主动，使他动的意志力是自生自发自给自足的。在物的方面，动不能自动地随抵抗力之增加而增加；在人的方面，意志力可以自动地随抵抗力之增加而增加，所以物质永远是朝抵抗力最低的路径走，而人可以朝抵抗力最大的路径走。物的动必终为抵抗力所阻止，而人的动可以不为抵抗力所阻止。

照这样看，人之所以为人，就在能不为最大的抵抗力所屈服。我们如果要测量一个人有多少人性，最好的标准就是他对于抵抗力所拿出的抵抗力，换句话说，就是他对于环境困难所表现的意志力。我在上文说过，人可以朝抵抗力最大的路径走，人的动可以不为抵抗力所阻。我说“可以”不说“必定”，因为世间大多数人仍是惰性大于意志力，欢喜朝抵抗力最低的路径走，抵抗力稍大，他就要缴械投降。这种人在事实上失去最高生命的特征，堕落到无生命的物质的水平线上，和死尸一样东推东倒，西推西倒。他们在道德、学问、事功各方面都决不会有成就，万一以庸庸得厚福，也是叨天之幸。

人生来是精神所附丽的物质，免不掉物质所常有的惰性。抵抗力最低的路径常是一种引诱，我们还可以说，凡是引诱所以能成为引诱，都因为它是抵抗力最低的路径，最能迎合人的惰性。惰性是我们的仇敌，要克服惰性，我们必须动员坚强的意志力，不怕朝抵抗力最大的路径走。走通了，抵抗力就算被征服，要做的事也就算成功。举一个极简单的例子。在冬天早晨，你睡在热被窝里很舒适，心里虽知道这应该是起床的时候而你总舍不得起来。你不起来，是顺着惰性，朝抵抗力最低的路径走。被窝的暖和舒适，外面的空气寒冷，多躺一会儿的种种藉口，对于起床的动作都是很大的抵抗力，使你觉得起床是一件天大的难事。但是你如果下一个决心，说非起来不可，一耸身你也就起来了。这一起来事情虽小，却表示你对于最大抵抗力的征服，你的企图的成功。

这是一个琐屑的事例，其实世间一切事情都可作如此看法。历史上许多伟大人物所以能有伟大成就者，大半都靠有极坚强的意志力，肯向抵抗力最大的路径走。例如孔子，他是当时一个大学者，门徒很多，如果他贪图个人的舒适，大可以坐在曲阜过他安静的学者的生活。但是他毕生东奔西走，席不暇暖，在陈绝过粮，在匡遇过生命的危险，他那副奔波劳碌栖栖遑遑的样子颇受当时隐者的嗤笑。他为什么要这样呢？就因为他有改革世界的抱负，非达到理想，他不肯甘休。《论语》长沮、桀溺章最足见出他的心事。长沮、桀溺二人隐在乡下耕田，孔子叫子路去向他们问路，他们听说是孔子，就告诉子路说："滔滔者天下皆是也，而谁以易之？"意思是说，于今世道到处都是一般糟，谁去理会它、改革它呢？孔子听到这话叹气说："鸟兽不可与同群，吾非斯人之徒与而谁与？天下有道，丘不与易也。"意思是说，我们既是人就应做人所应该做的事；如果世道不糟，我自然就用不着费气力去改革它。孔子平生所说的话，我觉这几句最沉痛、最伟大。长沮、桀溺看天下无道，就退隐躬耕，是朝抵抗力最低的路径走，孔子看天下无道，就牺牲一切要拼命去改革它，是朝抵抗力最大的路径走。他说得很干脆，"天下有道，丘不与易也"。

再如耶稣，从《新约》中四部《福音》看，他的一生都是朝抵抗力最大的路径走。他抛弃父母兄弟，反抗当时旧犹太宗教，攻击当时的社会组织，要在慈爱上建筑一个理想的天国，受尽种种困难艰苦，到最后牺牲了性命，都不肯放弃了他的理想。在他的生命史中有一段是一发千钧的危机。他下决心要宣传天国福音后，跑到沙漠里苦修了四十昼夜。据他的门徒的记载，这四十昼夜中他不断地受恶魔引诱。恶魔引诱他去争尘世的威权，去背叛上帝，崇拜恶魔自己。耶稣经过四十昼夜的挣扎，终于拒绝恶魔的引诱，坚定了对于天国的信念。从我们非教徒的观点看，这段恶魔引诱的故事是一个寓言，表示耶稣自己内心的冲突。横在他面前的有两条路：一是上帝的路，一是恶魔的路。走上帝的路要牺牲自己，走恶魔的路他可以握住政权，享受尘世的安富尊荣。经过了四十昼夜的挣扎，他决定了走抵抗力最大的路——上帝的路。

我特别在耶稣生命中提出恶魔引诱的一段故事，因为它很可以说明宋明理学家所说的天理与人欲的冲突。我们一般人尽善尽恶的不多见，性格中往往是天理与人欲杂糅，有上帝也有恶魔，我们的生命史常是一部理与欲、上帝与恶魔的斗争史。我们常在歧途徘徊，理性告诉我们向东，欲念却引诱我们向西。在这种时候，上帝的势力与恶魔的势力好像摆在天平的两端，见不出谁轻谁重。这是“一发千钧”的时候，“一失足即成千古恨”，一挣扎立即可成圣贤豪杰。如果要上帝的那一端天平沉重一点，我们必须在上面加一点重量，这重量就是拒绝引诱、克服抵抗力的意志力。有些人在这紧要关头拿不出一点意志力，听惰性摆布，轻轻易易地堕落下去，或是所拿的意志力不够坚决，经过一番冲突之后，仍然向恶魔缴械投降。例如洪承畴本是明末一个名臣，原来也很想效忠明朝，恢复河山。清兵入关后，大家都预料他以死殉国，清兵百计劝诱他投降，他原也很想不投降，但是到最后终于抵不住生命的执着与禄位的诱惑，做了明朝的汉奸。再举一个眼前的例子，汪精卫前半生对于民族革命很努力，当这次抗战开始时，他广播演说也很慷慨激昂。谁料到他的利禄薰心，一经敌人引诱，就起了卖国叛党的坏心事。依陶希圣的记载，他在上海时似仍感到良心上的痛苦，如果他拿出一点意志力，即早回头，或以一死谢国人，也还不失为知过能改的好汉。但是他拿不出一点意志力，就认错就错，甘心认贼作父。世间许多人失节败行，都像汪精卫、洪承畴之流，在紧要关头，不肯争一口气，就马马虎虎地朝抵抗力最低的路径走。

这是比较显著的例，其实我们涉身处世，随时随地目前都横着两条路径，一是抵抗力最低的，一是抵抗力最大的。比如当学生，不死心踏地去做学问，只敷衍功课，混分数文凭；毕业后不拿出本领去替社会服务，只奔走巴结，夤缘幸进，以不才而在高位；做事时又不把事当事做，只一味因循苟且，敷衍公事，甚至于贪污淫佚，遇钱即抓，不管它来路正当不正当——这都是放弃抵抗力最大的路径而走抵抗力最低的路径。这种心理如充类至尽，就可以逐渐使一个人堕落。我常穷究目前中国社会腐败的根源，以为一切都由于懒。懒，所以苟且因循敷衍，做事不认真；懒，所以贪小便宜，以不正当的方法解决个人的生计；懒，所以随俗浮沉，一味圆滑，不敢为正义公道奋斗；懒，所以遇引诱即堕落，个人生活无纪律，社会生活无秩序。知识阶级懒，所以文化学术无进展；官吏懒，所以政治不上轨道；一般人都懒，所以整个社会都“吊儿郎当”，暮气沉沉。懒是百恶之源，也就是朝抵抗力最低的路径走。如果要改造中国社会，第一件心理的破坏工作是除懒，第一件心理的建设工作是提倡奋斗精神。

生命就是一种奋斗，不能奋斗，就失去生命的意义与价值；能奋斗，则世间很少不能征服的困难。古话说得好，“有志者事竟成”。希腊最大的演说家是德摩斯梯尼，他生来口吃，一句话也说不清楚，但他抱定决心要成为一个大演说家，他天天一个人走到海边，向着大海练习演说，到后来居然达到了他的志愿。这个实例阿德勒派心理学家常喜援引。依他们说，人自觉有缺陷，就起“卑劣意识”，自耻不如人，于是心中就起一种“男性的抗议”，自己说我也是人，我不该不如人，我必用我的意志力来弥补天然的缺陷。阿德勒派学者用这原则解释许多伟大人物的非常成就，例如聋子成为大音乐家，瞎子成为大诗人之类。我觉得一个人的紧要关头在起“卑劣意识”的时候。起“卑劣意识”是知耻，孔子说得好，“知耻近乎勇”。但知耻虽近乎勇而却不是勇。能勇必定有阿德勒派所说的“男性的抗议”。“男性的抗议”就是认清了一条路径上抵抗力最大而仍然勇往直前，百折不挠。许多人虽天天在“卑劣意识”中过活，却永不能发“男性的抗议”，只知怨天尤人，甚至于自己不长进，希望旁人也跟着他不长进，看旁人长进，只怀满肚子醋意。这种人是由知耻回到无耻，注定的要堕落到十八层地狱，永不超生。

能朝抵抗力最大的路径走，是人的特点。人在能尽量发挥这特点时，就足见出他有富裕的生活力。一个人在少年时常是朝气勃勃，有志气，肯干，觉得世间无不可为之事，天大的困难也不放在眼里。到了年事渐长，受过了一些磨折，他就逐渐变成暮气沉沉，意懒心灰，遇事都苟且因循，得过且过，不肯出一点力去奋斗。一个人到了这时候，生活力就已经枯竭，虽是活着，也等于行尸走肉，不能有所作为了。所以一个人如果想奋发有为，最好是趁少年血气方刚的时候，少年时如果能努力，养成一种勇往直前百折不挠的精神，老而益壮，也还是可能的。

一个人的生活力之强弱，以能否朝抵抗力最大的路径为准，一个国家或是一个民族也是如此。这个原则有整个的世界史证明。姑举几个显著的例，西方古代最强悍的民族莫如罗马人，我们现在说到能吃苦肯干，重纪律，好冒险，仍说是“罗马精神”。因其有这种精神，所以罗马人东征西讨，终于统一了欧洲，建立一个庞大的殖民帝国。后来他们从殖民地获得丰富的资源，一般罗马公民都可以坐在家里不动而享受富裕的生活，于是变成骄奢淫佚，无恶不为，一至新兴的“野蛮”民族从欧洲东北角向南侵略，罗马人就毫无抵抗而分崩瓦解。再如满清，他们在入关以前过的是骑猎生活，民性最强悍，很富于吃苦冒险的精神，所以到明末张李之乱社会腐败紊乱时，他们以区区数十万人之力就能入主中夏。可是他们做了皇帝之后，一切皇亲国戚都坐着不动吃皇粮，享大位，过舒服生活，不到三百年，一个新兴民族就变成腐败不堪，辛亥革命起，我们就轻轻易易地把他们推翻了。我们如果要明白一个民族能够堕落到什么地步，最好去看看北平的旗人。

我们中华民族在历史上经过许多波折，从周秦到现在，没有哪一个时代我们不遇到很严重的内忧，也没有哪一个时代我们没有和邻近的民族挣扎，我们爬起来蹶倒，蹶倒了又爬起，如此者已不知若干次。从这简单的史实看，我们民族的生活力确是很强旺，它经过不断的奋斗才维持住它的生存权。这一点祖传的力量是值得我们尊重的。

于今我们又临到严重的关头了。横在我们面前的只有两条路，一是汪精卫和一班汉奸所走的，抵抗力最低的，屈伏；一是我们全民族在蒋委员长领导之下所走的，抵抗力最大的，抗战。我相信我们民族的雄厚的生活力能使我们克服一切困难。不过我们也要明白，我们的前途困难还很多，抗战胜利只解决困难的一部分，还有政治、经济、文化、教育各方面的建设工作还需要更大的努力。一直到现在，我们所拿出来的奋斗精神还是不够。因循、苟且、敷衍，种种病象在社会上还是很流行。我们还是有些老朽，我们应该趁早还童。

孟子说："天将降大任于斯人也，必先苦其心志，劳其筋骨，饿其体肤，空乏其身，行拂乱其所为，所以动心忍性，曾益其所不能。”于今我们的时代是“天将降大任于斯人”的时代了，孟子所说的种种磨折，我们正在亲领身受。我希望每个中国人，尤其是青年们，要明白我们的责任，本着大无畏的精神，不顾一切困难，向前迈进。

谈学问

这是一个大题目，不易谈；因为许多人对它有很大的误解，却又不能不谈。最大的误解在把学问和读书看成一件事。子弟进学校不说是“求学”而说是“读书”，学子向来叫做“读书人”，粗通外国文者在应该用“学习”（learn）或“治学”（study）等字时常用“阅读”（read）来代替。这种传统观念的错误影响到我国整个教育的倾向。各级学校大半把教育缩为知识传授，而知识传授的途径就只有读书，教员只是“教书人”。这种错误的观念如果不改正，教育和学问恐怕就没有走上正轨的希望。如果我们稍加思索，它也应该不难改正。学是学习，问是追问。世间可学习可追问的事理甚多，知识技能须学问，品格修养也还须学问；读书人须学问，农工商兵也还须学问，各行有各行的“行径”。学问是任何人对于任何事理，由不知求知，由不能求能的一套工夫。它的范围无限，人生一切活动，宇宙一切现象和真理，莫不包含在内。学问的方法甚多，人从堕地出世，没有一天不在学问。有些学问是由仿效得来的，也有些学问是由尝试、思索、体验和涵养得来的。读书不过是学问的方法之一种，它当然很重要，却并非唯一的。朱子教门徒，一再申说“读书乃学者第二事”。有许多读书人实在并非在做学问，也有许多实在做学问的人并不专靠读书，制造文字——书的要素——是一种绝大学问，而首先制造文字的人就根本无书可读。许多其他学问都可由此类推。子路的“何必读书然后为学 ”一句话本身并不错，孔子骂他，只是讨厌他说这话的动机在辩护让一个青年学子去做官，也并没有说它本身错。

一般人常埋怨现在青年对于学问没有浓厚的兴趣。就个人任教的经验说，我也有这样的观感。平心而论，这大半要归咎我们“教书人”。把学问看成“教书”、“读书”一个错误的观念如果不全是我们养成的，至少我们未曾设法纠正。而且我们自己又没有好生学问，给青年学子树一个好榜样，可以激励他们的志气，提起他们的兴趣。此外，社会上一般人对于学问的性质和功用所存的误解也不无关系。近代西方学者常把纯理的学问和应用的学问分开，以为治应用的学问是有所为而为，治纯理的学问是无所为而为。他们怕学问全落到应用一条窄路上，尝设法替无所为而为的学问辩护，说它虽“无用”，却可满足人类的求知欲。这种用心很可佩服，而措词却不甚正确。学问起于生活的需要，世间绝没有一种学问无用，不过“用”的意义有广狭之别。学得一种学问，就可以有一种技能，拿它来应用于实际事业，如学得数学几何三角就可以去算账、测量、建筑、制造机械，这是最正常的“用”字的狭义。学得一点知识技能，就混得一种资格，可以谋一个职业，解决饭碗问题，这是功利主义的“用”字的狭义。但是学问的功用并不仅如此，我们甚至可以说，学问的最大功用并不在此。心理学者研究智力，有普通智力与特殊智力的分别；古人和今人品题人物，都有通才与专才的分别。学问的功用也可以说有“通”有“专”。治数学即应用于计算数量，这是学问的专用；治数学而变成一个思想缜密、性格和谐、善于立身处世的人，这是学问的通用。学问在实际上确有这种通用。就智慧说，学问是训练思想的工具。一个真正有学问的人必定知识丰富、思想锐敏、洞达事理，处任何环境，知道把握纲要、分析条理、解决困难。就性格说，学问是道德修养的途径。苏格拉底说得好，“知识即德行。”世间许多罪恶都起于愚昧，如果真正彻底明了一件事是好的，另一件事是坏的，一个人决不会睁着眼睛向坏的方面走。中国儒家讲学问，素来全重立身行己的工夫，一个学者应该是一个圣贤，不仅如现在所谓“知识分子”。

现在所谓“知识分子”的毛病在只看到学的狭义的“用”，尤其是功利主义的“用”。学问只是一种干禄的工具。我曾听到一位教授在编成一部讲义之后，心满意足地说：“一生吃着不尽了！”我又曾听到一位朋友劝导他的亲戚不让刚在中学毕业的儿子去就小事说：“你这种办法简直是吃稻种！”许多升学的青年实在只为着要让稻种发生成大量谷子，预备“吃着不尽”。所以大学里“出路”最广的学系如经济系、机械系之类常是拥挤不堪，而哲学系、数学系、生物学系诸“冷门”，就简直无人问津。治学问根本不是为学问本身，而是为着它的出路销场，在治学问时既是“醉翁之意不在酒”，得到出路销场后当然更是“得鱼忘筌”了。在这种情形之下的我们如何能期望青年学生对于学问有浓厚的兴趣呢？

这种对于学问功用的窄狭而错误的观念必须及早纠正。生活对于有生之伦是唯一的要务，学问是为生活。这两点本是天经地义。不过现代中国人的错误在把“生活”只看成口腹之养。“谋生活”与“谋衣食”在流行语中是同一意义。这实在是错误得可怜可笑。人有肉体，有心灵。肉体有它的生活，心灵也应有它的生活。肉体需要营养，心灵也不能“辟谷”。肉体缺乏营养，必酿成饥饿病死；心灵缺乏营养，自然也要干枯腐化。人为万物之灵，就在他有心灵或精神生活。所以测量人的成就并不在他能否谋温饱，而在他有无丰富的精神生活。一个人到了只顾衣食饱暖而对于真善美漫不感觉兴趣时，他就只能算是一种“行尸走肉”，一个民族到了只顾体肤需要而不珍视精神生活的价值时，它也就必定逐渐没落了。

学问是精神的食粮，它使我们的精神生活更加丰富。肚皮装得饱饱的，是一件乐事，心灵装得饱饱的，是一件更大的乐事。一个人在学问上如果有浓厚的兴趣、精深的造诣，他会发现万事万物各有一个妙理在内，他会发现自己的心涵蕴万象，澄明通达，时时有寄托，时时在生展，这种人的生活决不会干枯，他也决不会做出卑污下贱的事。《论语》记

“颜子在陋巷，一箪食，一瓢饮，人不堪其忧，回也不改其乐”[①]。孔子赞他“贤”，并不仅因为他能安贫，尤其因为他能乐道，换句话说，他有极丰富的精神生活。宋儒教人体会颜子所乐何在，也恰抓着紧要处，我们现在的人不但不能了解这种体会的重要，而且把它看成道学家的迂腐。这在民族文化上是一个极严重的病象，必须趁早设法医治。

中国语中“学”与“问”连在一起说，意义至为深妙，比西文中相当的译词如learning、study、science诸字都好得多。人生来有向上心，有求知欲，对于不知道的事物欢喜发疑问。对于一种事物发生疑问，就是对于它感觉兴趣。既有疑问，就想法解决它，几经摸索，终于得到一个答案，于是不知道的变为知道的，所谓“一旦豁然贯通”，这便是学有心得。学原来离不掉问，不会起疑问就不会有学。许多人对于一种学问不感觉兴趣，原因就在那种学问对于他们不成问题，没有什么逼得他们要求知道。但是学问的好处正在原来有问题的可以变成没有问题，原来没有问题的也可以变成有问题。前者是未知变成已知，后者是发现貌似已知究竟仍为

① 原文为：“贤哉，回也，一箪食，一瓢饮，在陋巷，人不堪其忧，回也不改其乐。”——编者注

未知。比如说逻辑学，一个中学生学过一年半载，看过一部普通教科书，觉得命题、推理、归纳、演绎之类都讲得妥妥贴贴，了无疑义。可是他如果进一步在逻辑学上面下一点研究工夫，便会发现他从前认为透懂的几乎没有一件不成为问题，没有一件不曾经许多学者辩论过。他如果再更进一步去讨探，他会自己发现许多有趣的问题，并且觉悟到他自己一辈子也不一定能把这些问题都解决得妥妥贴贴。逻辑学是一科比较不幼稚的学问，犹且如此，其他学问更可由此类推了。一个人对于一种学问如果肯钻进里面去，必须使有问题的变为没有问题（这便是问），疑问无穷，发现无穷，兴趣也就无穷。学问之难在此，学问之乐也就在此。一个人对于一种学问说是不感兴趣，那只能证明他不用心，不努力下工夫，没有钻进里面去。世间决没有自身无兴趣的学问，人感觉不到兴趣，只由于人的愚昧或懒惰。

学与问相连，所以学问不只是记忆而必是思想，不只是因袭而必是创造。凡是思想都是由已知推未知，创造都是旧材料的新综合，所以思想究竟须从记忆出发，创造究竟须从因袭出发。由记忆生思想，由因袭生创造，犹如吸收食物加以消化之后变为生命的动力。食而不化固然是无用，不食而求化也还是求无中生有。向来论学问的话没有比孔子的“学而不思则罔，思而不学则殆”两句更为精深透辟。学原有“效”义，研究儿童心理学者都知道学习大半基于因袭或模仿。这里所谓“学”是偏重吸收前人已有的知识和经验。思是自己运用脑筋，一方面求所学得的能融会贯通，井然有条，一方面由疑难启发新知识与新经验。一般学子有两种通弊。一种是聪明人所尝犯着的，他们过于相信自己的思考力而忽略前人的成就。其实每种学问都有长久的历史，其中每一个问题都曾经许多人思虑过，讨论过，提出过种种不同的解答，你必须明白这些经过，才可以利用前人的收获，免得绕弯子甚至于走错路。比如说生物学上的遗传问题，从前雷马克、达尔文、魏意斯曼、孟德尔诸大家已经做过许多实验，得到许多观察，用过许多思考。假如你对于他们的工作茫无所知或是一笔抹煞，只凭你自己的聪明才力来解决遗传问题，这岂不是狂妄？世间这种“思而不学”的人正甚多，他们不知道这种凭空构造的“殆”。另外一种通弊是资质较钝而肯用功的人所常犯的。他们一味读死书，古人所说的无论正确不正确，都不分皂白地接受过来，吟咏赞叹，自己毫不用思考求融会贯通，更没有一点冒险的精神，自己去求新发现，这是学而不思，孔子对于这种办法所下的评语是“罔”，意思就是说无用。

学问全是自家的事。环境好、图书设备充足、有良师益友指导启发，当然有很大的帮助。但是这些条件具备不一定能保障一个人在学问上有成就，世间也有些在学问上有成就的人并不具这些条件。最重要的因素是个人自己的努力。学问是一件艰苦的事，许多人不能忍耐它所必经的艰苦。努力之外，第二个重要的因素是认清方向与门径。入手如果走错了路，愈努力则入迷愈深，离题愈远。比如学写字、诗文或图画，一走上庸俗恶劣的路，后来如果想把它丢开，比收覆水还更困难，习惯的力量比什么都较沉重，世上有许多人像在努力做学问，只是陷入“野狐禅”，高自期许而实荒谬绝伦，这个毛病只有良师益友可以挽救。学校教育，在我想，只有两个重要的功用：第一是启发兴趣，其次就是指点门径。现在一般学校不在这两方面努力，只尽量灌输死板的知识。这种教育对于学问不仅无裨益而且是障碍！

谈读书

十几年前我曾经写过一篇短文谈读书，这问题实在是谈不尽，而且这些年来我的见解也有些变迁，现在再就这问题谈一回，趁便把上次谈学问有未尽的话略加补充。

学问不只是读书，而读书究竟是学问的一个重要途径。因为学问不仅是个人的事而是全人类的事，每科学问到了现在的阶段，是全人类分途努力日积月累所得到的成就，而这成就还没有淹没，就全靠有书籍记载流传下来。书籍是过去人类的精神遗产的宝库，也可以说是人类文化学术前进轨迹上的记程碑。我们就现阶段的文化学术求前进，必定根据过去人类已得的成就做出发点。如果抹煞过去人类已得的成就，我们说不定要把出发点移回到几百年前甚至几千年前，纵然能前进，也还是开倒车落伍。读书是要清算过去人类成就的总账，把几千年的人类思想经验在短促的几十年内重温一遍，把过去无数亿万人辛苦获来的知识教训集中到读者一个人身上去受用。有了这种准备，一个人总能在学问途程上作万里长征，去发现新的世界。

历史愈前进，人类的精神遗产愈丰富，书籍愈浩繁，而读书也就愈不易。书籍固然可贵，却也是一种累赘，可以变成研究学问的障碍。它至少有两大流弊。第一，书多易使读者不专精。我国古代学者因书籍难得，皓首穷年才能治一经，书虽读得少，读一部却就是一部，口诵心惟，嘴嚼得烂熟，透入身心，变成一种精神的原动力，一生受用不尽。现在书籍易得，一个青年学者就可夸口曾过目万卷，“过目”的虽多，“留心”的却少，譬如饮食，不消化的东西积得愈多，愈易酿成肠胃病，许多浮浅虚骄的习气都由耳食肤受所养成。其次，书多易使读者迷方向。任何一种学问的书籍现在都可装满一图书馆，其中真正绝对不可不读的基本著作往往不过数十部甚至于数部。许多初学者贪多而不务得，在无足轻重的书籍上浪费时间与精力，就不免把基本要籍耽搁了；比如学哲学者尽管看过无数种的哲学史和哲学概论，却没有看过一种柏拉图的《对话集》，学经济学者尽管读过无数种的教科书，却没有看过亚当斯密的《原富》。做学问如作战，须攻坚挫锐，占住要塞。目标太多了，掩埋了坚锐所在，只东打一拳，西踏一脚，就成了“消耗战”。

读书并不在多，最重要的是选得精，读得彻底。与其读十部无关轻重的书，不如以读十部书的时间和精力去读一部真正值得读的书；与其十部书都只能泛览一遍，不如取一部书精读十遍。“好书不厌百回读，熟读深思子自知”①，这两句诗值得每个读书人悬为座右铭。读书原为自己受用，多读不能算是荣誉，少读也不能算是差耻。少读如果彻底，必能养成深思熟虑的习惯，涵泳优游，以至于变化气质；多读而不求甚解，则如驰骋十里洋场，虽珍奇满目，徒惹得心花意乱，空手而归。世间许多人读书只为装点门面，如暴发户炫耀家私，以多为贵。这在治学方面是自欺欺人，在做人方面是趣味低劣。

读的书当分种类，一种是为获得现世界公民所必需的常

---

① 原文为：“旧书不厌百回读，熟读深思子自知。”出自苏轼《送安敦秀才失解西归》。——编者注

识，一种是为做专门学问。为获常识起见，目前一般中学和大学初年级的课程，如果认真学习，也就很够用。所谓认真学习，熟读讲义课本并不济事，每科必须精选要籍三五种来仔细玩索一番。常识课程总共不过十数种，每种选读要籍三五种，总计应读的书也不过五十部左右。这不能算是过奢的要求。一般读书人所读过的书大半不止此数，他们不能得实益，是因为他们没有选择，而阅读时又只潦草滑过。

常识不但是现世界公民所必需，就是专门学者也不能缺少它。近代科学分野严密，治一科学问者多固步自封，以专门为藉口，对其他相关学问毫不过问。这对于分工研究或许是必要，而对于淹通深造却是牺牲。宇宙本为有机体，其中事理彼此息息相关，牵其一即动其余，所以研究事理的种种学问在表面上虽可分别，在实际上却不能割开。世间绝没有一科孤立绝缘的学问。比如政治学须牵涉到历史、经济、法律、哲学、心理学以至于外交、军事等等，如果一个人对于这些相关学问未曾问津，入手就要专门习政治学，愈前进必愈感困难，如老鼠钻牛角，愈钻愈窄，寻不着出路。其他学问也大抵如此，不能通就不能专，不能博就不能约。先博学而后守约，这是治任何学问所必守的程序。我们只看学术史，凡是在某一科学问上有大成就的人，都必定于许多它科学问有深广的基础。目前我国一般青年学子动辄喜言专门，以至于许多专门学者对于极基本的学科毫无常识。这种风气也许是在国外大学做博士论文的先生们所酿成的。它影响到我们的大学课程，许多学系所设的科目“专”到不近情理，在外国大学研究院里也不一定有。这好像逼吃奶的小孩去嚼肉骨，岂不是误人子弟？

有些人读书，全凭自己的兴趣。今天遇到一部有趣的书就把预拟做的事丢开，用全副精力去读它；明天遇到另一部有趣的书，仍是如此办，虽然这两书在性质上毫不相关。一年之中可以时而习天文，时而研究蜜蜂，时而读莎士比亚。在旁人认为重要而自己不感兴味的书都一概置之不理。这种读法有如打游击，亦如蜜蜂采蜜。它的好处在使读书成为乐事，对于一时兴到的著作可以深入，久而久之，可以养成一种不平凡的思路与胸襟。它的坏处在使读书泛滥而无所归宿，缺乏专门研究所必需的“经院式”的系统训练，产生畸形的发展，对于某一方面知识过于重视，对于另一方面知识可以很蒙昧。我的朋友中有专门读冷僻书籍，对于正经正史从未过问的，他在文学上虽有造就，但不能算是专门学者。如果一个人有时间与精力允许他过享乐主义的生活，不把读书当做工作而只当做消遣，这种蜜蜂采蜜式的读书法原亦未尝不可采用。但是一个人如果抱有成就一种学问的志愿，他就不能不有预定计划与系统。对于他，读书不仅是追求兴趣，尤其是一种训练，一种准备。有些有趣的书他须得牺牲，也有些初看很干燥的书他必须咬定牙关去硬啃，啃久了他自然还可以啃出滋味来。

读书必须有一个中心去维持兴趣，或是科目，或是问题。以科目为中心时，就要精选那一科要籍，一部一部的从头读到尾，以求对于该科得到一个赅括的了解，作进一步作高深研究的准备。读文学作品以作家为中心，读史学作品以时代为中心，也属于这一类。以问题为中心时，心中先须有一个待研究的问题，然后采关于这问题的书籍去读，用意在搜集材料和诸家对于这问题的意见，以供自己权衡去取，推求结论。重要的书仍须全看，其余的这里看一章，那里看一节，得到所要搜集的材料就可以丢手。这是一般做研究工作者所常用的方法，对于初学不相宜。不过初学者以科目为中心时，仍可约略采取以问题为中心的微意。一书作几遍看，每一遍只着重某一方面。苏东坡与王郎书曾谈到这个方法：

> 少年为学者，每一书皆作数次读之。当如入海百货皆有，人之精力不能并收尽取，但得其所欲求者耳。故愿学者每一次作一意求之，如欲求古今兴亡治乱圣贤作用，且只作此意求之，勿生余念；又别作一次求事迹文物之类，亦如之。他皆仿此。若学成，八面受敌，与慕涉猎者不可同日而语。

朱子尝劝他的门人采用这个方法。它是精读的一个要诀，可以养成仔细分析的习惯。举看小说为例，第一次但求故事结构，第二次但注意人物描写，第三次但求人物与故事的穿插，以至于对话、词藻、社会背景、人生态度等等都可如此逐次研求。

读书要有中心，有中心才易有系统组织。比如看史书，假定注意的中心是教育与政治的关系，则全书中所有关于这问题的史实都被这中心联系起来，自成一个系统。以后读其它书籍如经子专集之类，自然也常遇着关于政教关系的事实与理论，它们也自然归到从前看史书时所形成的那个系统了。一个人心里可以同时有许多系统中心，如一部字典有许多“部首”，每得一条新知识，就会依物以类聚的原则，汇归到它的性质相近的系统里去，就如拈新字贴进字典里去，是人旁的字都归到人部，是水旁的字都归到水部。大凡零星片段的知识，不但易忘，而且无用。每次所得的新知识必须与旧有的知识联络贯串，这就是说，必须围绕一个中心归聚到一个系统里去，才会生根，才会开花结果。

记忆力有它的限度，要把读过的书所形成的知识系统，原本枝叶都放在脑里储藏起，在事实上往往不可能。如果不能储藏，过目即忘，则读亦等于不读。我们必须于脑以外另辟储藏室，把脑所储藏不尽的都移到那里去。这种储藏室在从前是笔记，在现代是卡片。记笔记和做卡片有如植物学家采集标本，须分门别类订成目录，采得一件就归入某一门某一类，时间过久了，采集的东西虽极多，却各有班位，条理井然。这是一个极合乎科学的办法，它不但可以节省脑力，储有用的材料，供将来的需要，还可以增强思想的条理化与系统化。预备做研究工作的人对于记笔记做卡片的训练，宜于早下功夫。

谈交友

人生的快乐有一大半要建筑在人与人的关系上面。只要人与人的关系调处得好，生活没有不快乐的。许多人感觉生活苦恼，原因大半在没有把人与人的关系调处适宜。这人与人的关系在我国向称为“人伦”。在人伦中先儒指出五个最重要的，就是君臣、父子、夫妇、兄弟、朋友。这五伦之中，父子、夫妇、兄弟起于家庭，君臣和朋友起于国家社会。先儒谈伦理修养，大半在五伦上做工夫，以为五伦上面如果无亏缺，个人修养固然到了极境，家庭和国家社会也就自然稳固了。五伦之中，朋友一伦的地位很特别，它不像其他四伦都有法律的基础，它起于自由的结合，没有法律的力量维系它或是限定它，它的唯一的基础是友爱与信义。但是它的重要性并不因此减少。如果我们把人与人中间的好感称为友谊，则无论是君臣、父子、夫妇或是兄弟之中，都绝对不能没有友谊。就字源说，在中西文里“友”字都含有“爱”的意义。无爱不成友，无爱也不成君臣、父子、夫妇或兄弟。换句话说，无论那一伦，都非有朋友的要素不可，朋友是一切人伦的基础。懂得处友，就懂得处人；懂得处人，就懂得做人。一个人在处友方面如果有亏缺，他的生活不但不能是快乐的，而且也决不能是善的。

谁都知道，有真正的好朋友是人生一件乐事。人是社会的动物，生来就有同情心，生来也就需要同情心。读一篇好诗文，看一片好风景，没有一个人在身旁可以告诉他说：“这真好呀！”心里就觉得美中有不足。遇到一件大喜事，没有人和你同喜，你的欢喜就要减少七八分；遇到一件大灾难，没有人和你同悲，你的悲痛就增加七八分。孤零零的一个人不能唱歌，不能说笑话，不能打球，不能跳舞，不能闹架拌嘴，总之，什么开心的事也不能做。世界最酷毒的刑罚要算幽禁和充军，逼得你和你所常接近的人们分开，让你尝无亲无友那种孤寂的风味。人必须接近人，你如果不信，请你闭关独居十天半个月，再走到十字街头在人群中挤一挤，你心里会感到说不出来的快慰，仿佛过了一次大瘾，虽然街上那些行人在平时没有一个让你瞧得上眼。人是一种怪物，自己是一个人，却要显得瞧不起人，要孤高自赏，要闭门谢客，要把心里所想的看成神妙不可言说，“不可与俗人道”，其实隐意识里面惟恐人不注意自己，不知道自己，不赞赏自己。世间最欢喜守秘密的人往往也是最不能守秘密的人。他们对你说：“我告诉你，你却不要告诉人。”他不能不告诉你，却忘记你也不能不告诉人。这所谓“不能”实在出于天性中一种极大的压迫力。人需要朋友，如同人需要泄露秘密，都由于天性中一种压迫力在驱遣。它是一种精神上的饥渴，不满足就可以威胁到生命的健全。

谁也都知道，朋友对于性格形成的影响非常重大。一个人的好坏，朋友熏染的力量要居大半。既看重一个人把他当作真心朋友，他就变成一种受崇拜的英雄，他的一言一笑、一举一动都在有意无意之间变成自己的模范，他的性格就逐渐有几分变成自己的性格。同时，他也变成自己的裁判者，自己的一言一笑、一举一动，都要顾到他的赞许或非难。一个人可以蔑视一切人的毁誉，却不能不求见谅于知己。每个人身旁有一个“圈子”，这圈子就是他所尝亲近的人围成的，他跳来跳去，尝跳不出这圈子。在某一种圈子就成为某一种人。圣贤有道，盗亦有道。隔着圈子相视，尧可非桀，桀亦可非尧。究竟谁是谁非，责任往往不在个人而在他所在的圈子。古人说：“与善人交，如入芝兰之室，久而不闻其香；与恶人交，如入鲍鱼之市，久而不闻其臭。”久闻之后，香可以变成寻常，臭也可以变成寻常，而习安之，就不觉其为香为臭。一个人应该谨慎择友，择他所在的圈子，道理就在此。人是善于模仿的，模仿品的好坏，全看模型的好坏，有如素丝，染于青则青，染于黄则黄。“告诉我谁是你的朋友，我就知道你是怎样的一种人。”这句西谚确实是经验之谈。《学记》论教育，一则曰：“七年视论学取友。”再则曰：“相观而善之谓摩。”从孔孟以来，中国士林向奉尊师敬友为立身治学的要道。这都是深有见于朋友的影响重大。师弟向不列于五伦，实包括于朋友一伦里面，师与友是不能分开的。

许叔重《说文解字》谓“同志为友”。就大体说，交友的原则是“同声相应，同气相求”。但是绝对相同在理论与事实都是不可能。“人心不同，各如其面。”这不同亦正有它的作用。朋友的乐趣在相同中容易见出；朋友的益处却往往在相异处才能得到。古人尝拿“如切如磋，如琢如磨”来譬喻朋友的交互影响。这譬喻实在是很恰当。玉石有瑕疵棱角，用一种器具来切磋琢磨它，它才能圆融光润，才能“成器”。人的性格也难免有瑕疵棱角，如私心、成见、骄矜、暴躁、愚昧、顽恶之类，要多受切磋琢磨，才能洗刷净尽，达到玉润珠圆的境界。朋友便是切磋琢磨的利器，与自己愈不同，磨擦愈多，切磋琢磨的影响也就愈大。这影响在学问思想方面最容易见出。一个人多和异己的朋友讨论，会逐渐发现自己的学说不圆满处，对方的学说有可取处，逼得不得不作进一层的思考，这样地对于学问才能逐渐鞭辟入里。在朋友互相切磋中，一方面被“磨”，一方面也在受滋养。一个人被“磨”的方面愈多，吸收外来的滋养也就愈丰富。孔子论益友，所以特重直、谅、多闻。一个不能有诤友的人永远是愚而好自用，在道德学问上都不会有很大的成就。

好朋友在我国语文里向来叫做“知心”或“知己”，“知交”也是一个习用的名词。这个语言的习惯颇含有深长的意味。从心理观点看，求见知于人是一种社会本能，有这本能，人与人才可免除隔阂，打成一片，社会才能成立。它是社会生命所藉以维持的，犹如食色本能是个人与种族生命所藉以维持的，所以它与食色本能同样强烈。古人尝以一死报知己，钟子期死后，伯牙不复鼓琴。这种行为在一般人看近似于过激，其实是由于极强烈的社会本能在驱遣。其次，从伦理哲学观点看，知人是处人的基础，而知人却极不易，因为深刻的了解必基于深刻的同情。深刻的同情只在真挚的朋友中才常发现。对于一个人有深交，你才能真正知道他。了解与同情是互为因果的。你对于一个人愈同情，能愈能了解他；你愈了解他，也就愈同情他。法国人有一句成语说："了解一切，就是宽容一切。"（tout comprendre，c'est tout pardonner）这句话说来像很容易，却是人生的最高智慧，需要极伟大的胸襟才能做到。古今有这种胸襟的只有几个大宗教家，像释迦牟尼和耶稣，有这种胸襟才能谈到大慈大悲；没有它，任何宗教都没有灵魂。修养这种胸襟的捷径是多与人做真正的好朋友，多与人推心置腹，从对于一部分人得到深刻的了解，做到对于一般人类起深厚的同情。从这方面看，交友的范围宜稍广泛，各种人都有最好，不必限于自己同行同趣味的。蒙田在他的论文里提出一个很奇怪主张，以为一个人只能有一个真正的朋友，我对这主张很怀疑。

交友是一件寻常事，人人都有朋友，交友却也不是一件易事，很少人有真正的朋友。势力之交固容易破裂，就是道义之交也有时不免闹意气之争。王安石与司马光、苏轼、程颢诸人在政治和学术上的侵轧便是好例。他们个个都是好人，彼此互有相当的友谊，而结果闹成和世俗人一般的翻云覆雨。交道之难，从此可见。从前人谈交道的话说得很多。例如“朋友有信”，“久而敬之”，“君子之交淡如水”，视朋友须如自己，要急难相助，须知护友之短，像孔子不假盖于悭吝朋友，要劝善规过，但“不可则止，无自辱焉”。这些话都是说起来颇容易，做起来颇难。许多人都懂得这些道理，但是很少人真正会和人做朋友。

孔子尝劝人“无友不如己者”，这话使我很彷徨不安。你不如我，我不和你做朋友，要我和你做朋友，就要你胜似我，这样我才能得益。但是这算盘我会打你也就会打，如果你也这么说，你我之间不就没有做朋友的可能么？柏拉图写过一篇谈友谊的对话，另有一番奇妙议论。依他看，善人无须有朋友，恶人不能有朋友，善恶混杂的人才或许需要善人为友来消除他的恶，恶去了，友的需要也就随之消灭。这话显然与孔子的话有些抵牾。谁是谁非，我至今不能断定，但是我因此想到朋友之中，人我的比较是一个重要问题，而这问题又与善恶问题密切相关。我从前研究美学上的欣赏与创造问题，得到一个和常识不相同的结论，就是：欣赏与创造根本难分，每人所欣赏的世界就是每人所创造的世界，就是他自己的情趣和性格的返照；你在世界中能“取”多少，就看你在你的性灵中能提出多少“与”它，物与我之中有一种生命的交流，深人所见于物者深，浅人所见于物者浅。现在我思索这比较实际的交友问题，觉得它与欣赏艺术自然的道理颇可暗合默契。你自己是什样的人，就会得到什样的朋友。人类心灵常交感回流。你拿一分真心待人，人也就拿一分真心待你，你所“取”如何，就看你所“与”如何。“爱人者人恒爱之，敬人者人恒敬之。”人不爱你敬你，就显得你自己有损缺。你不必责人，先须返求诸已。不但在情感方面如此，在性格方面也都是如此。友必同心，所谓“心”是指性灵同在一个水准上。如果你我在性灵上有高低，我高就须感化你，把你提高到同样水准；你高也是如此，否则友谊就难成立。朋友往往是测量自己的一种最精确的尺度。你自己如果不是一个好朋友，就决不能希望得到一个好朋友。要是好朋友，自己须先是一个好人。我很相信柏拉图的“恶人不能有朋友”的那一句话。恶人可以做好朋友时，他在他方面尽管是坏，在能为好朋友一点上就可证明他还有人性，还不是一个绝对的恶人。说来说去，“同声相应，同气相求”那句老话还是对的，何以交友的道理在此，如何交友的方法也在此。交友和一般行为一样，我们应该常牢记在心的是“责己宜严，责人宜宽”。

谈消遣

身和心的活动都有有节奏的周期，这周期的长短随各人的体质和物质环境而有差异。在周期限度之内，工作有它的效果，也有它的快慰。过了周期限度，工作就必产生疲劳，不但没有效果，而且成为苦痛。到了疲劳，就必定有休息，才能恢复工作的效果。这道理极浅，无用深谈。休息的方式甚多，最理想而亦最普遍的是睡眠。在睡眠中生理的功能可以循极自然的节奏进行，各种筋肉虽仍在活动，却不需要紧张的注意力，也没有工作情境需要所加的压迫，它的动作是自由的、自然的、不费力的、倾向弛懈的。一个人如果每天在工作疲劳之后能得到充分时间的熟睡，比任何养生家的秘诀都灵验。午睡尤其有效。午睡醒了，午后又变成清晨，一日之中就有两度的朝气。西方有些中小学里，时间表内有午睡的规定，那是很合理的。我国的理学家和各派宗教家于睡眠之外练习静坐。静坐可以使心境空灵，生理功能得到人为的调节，功用有时比睡眠更大。但是初习静坐需要注意力的控制，有几分不自然，不易成为恒久的习惯，而且在近代生活状况之下，静坐的条件不易具备，所以它不能很普遍。

睡眠与静坐都不能算是完全的休息，因为许多生理的功能照旧在进行。严格地说，生物在未死以前决不能有完全的休息。有生气就必有活动，“活”与“动”是不可分的。劳而不息固然是苦，息而不劳尤其是苦。生机需要修养，也需要发泄。生机旺而不泄，像春天的草木萌芽被砖石压着，或是把压力推开，冲吐出来，或是变成拳曲黄瘦，失去自然的形态。心理学家已经很明白地指示出来：许多心理的毛病都起于生机不得正当的发泄。从一般生物的生活看，精力的发泄往往同时就是精力的蓄养。人当少壮时期，精力最弥满，需要发泄也就愈强烈，愈发泄，精力也就愈充足。一个生气蓬勃的人必定有多方的兴趣，在每方面的活动都比常人活跃，一个人到了可以索然枯坐而不感觉不安时，他必定是一个行将就木的病夫或老者。如果他们在健康状态中，需要活动而不得活动，他必定感到愁苦抑郁。人生最苦的事是疾病幽囚，因为在疾病幽囚中，他或是失去了精力，或是失去了发泄精力的自由。

精力的发泄有两种途径：一是正当工作，一是普通所谓消遣，包含各种游戏运动和娱乐在内。我们不能用全副精力去工作，因为同样的注意方向和同样的筋肉动作维持到相当的限度，必定产生疲劳，如上所述。人的身心构造是依据分工合作原理的。对于各种工作我们都有相当的一套机器、一种才能和一副精力，比如说，要看有眼，要听有耳，要走有脚，要思想有头脑。我们运用眼的时候，耳可以休息，运用脑的时候，脚可以休息。所以在专用眼之后改着去用耳，或是在专用脑之后改着去用脚，我们虽然仍旧在活动，所用以活动的只是耳或脚，眼或脑就可能得到休息了。这种让一部分精力休息而另一部分精力活动的办法在西文中叫做diversion，可惜在中文里没有恰当的译名。这也足见我们没有注意到它的重要。它的意义是“转向”，工作方面的“换口味”，精力的侧出旁击。我们已经说过，生物不能有完全的休息，普通所谓休息，除睡眠以外，大半是diversion，这种

“换口味”的办法对于停止的活动是精力的蓄养，对于正在进行的另一活动是精力的发泄。它好比打仗，一部分兵力上前线，另一部分兵力留在后面预备补充。全体的兵力都上了前线，难乎为继；全体的兵力都在后方按兵不动，过久也会疲老无用，仗自然更打不起来。更番瓜代仍是精力的最经济最合理的支配，无论是在军事方面或是在普通生活方面。

更番瓜代有种种方式。普通读书人用脑的机会比较多，最好常在用脑之后作一番筋肉活动，如散步、打球、栽花、做手工之类，一方面可以使脑得休息而恢复疲劳，一方面也可以破除同一工作的单调，不至发生厌闷。卢梭谈教育，主张学生多习手工，这不但因为手工有它的特殊的教育功效，也因为用手对于用脑是一种调节。大哲学家斯宾诺莎于研究哲学之外，操磨镜的职业，这固然是为着生活，实在也很合理，因为两种性质相差很远的工作互相更换，互为上文所说的diversion，对于心身都有好影响。就生活理想说，劳心与劳力应该具备于一身，劳力的人绝对不劳心固然变成机械，动心的人绝对不劳力也难免文弱干枯。现在劳心与劳力成为两种相对峙的阶级，这固然是历史与社会环境所造成的事实，但是我们应该不要忘记它并不甚合理。在可能范围之内，我们应该求心与力的活动能调节适中。我个人很羡慕中世纪欧洲僧院的生活，他们一方面诵经、钞书、画画而且作很精深的哲学研究，一方面种地、砍柴、酿酒、织布。我尝想到我们的学校在这个经济凋惫之际为什么不想一个自给自足的办法，有系统有计划地采行半工半读制？这不仅是从经济着眼，就从教育着眼，这也是一种当务之急。大部分学生来自田间，将来纵不全数回到田间，也要走进工厂或公务机关；如果在学校里只养成少爷小姐的心习，全不懂民生疾苦，他们决难担负现时代的艰巨责任。当然，本文所说的劳心与劳力的调剂也是一个重要的理由。

不同性质的工作更番瓜代，固可以收到调剂和休息的效用，可是一个人不能时时刻刻都在工作，事实上没有这种需要，而且劳苦过度，工作也变成一种苦事，不能有很大的效率。我们有时须完全放弃工作，做一点无所为而为的活动，享受一点自由人的幸福。工作都有所为而为，带有实用目的；无所为而为，不带实用目的活动，都可以算作消遣。我们说“消遣”，意谓“混去时光”，含义实在不很好；西方人说“转向”（diversion），意谓“把精力朝另一方面去用”，它和工作同称为occupation，比较可以见出消遣的用处。所谓

occupation无恰当中文译词，似包含“占领”和“寄托”二义。在工作和消遣时，都有一件事物“占领”着我们的身心，而我们的身心也就“寄托”在那一件事物里面。身心寄托在那里，精力也就发泄在那里。拉丁文有一句成语说：“自然厌恶空虚。”这句话近代科学仍奉为至理名言。在物理方面，真空固不易维持，一有空隙，就有物来占领；在心理方面，真空虽是一部分宗教家（如禅宗）的理想，在实际上也是反乎自然而为自然所厌恶。我们都不愿意生活中有空隙，都愿常有事物“占领”着身心，没有事做时须找事做，不愿做事时也不甘心闲着，必须找一点玩意儿来消遣，否则便觉得厌闷苦恼。闲惯了，闷惯了，人就变干枯无生气。

消遣就是娱乐，无可消遣当然就是苦闷。世间欢喜消遣的人，无论他们的嗜好如何不同，都有一个共同点，就是他们必都有强旺的生活力，运动家和艺术家如此，嫖客赌徒乃至于烟鬼也是如此。他们的生活力强旺，发泄的需要也就跟着急迫。他们所不同者只在发泄的方式。这有如大水，可以灌田、发电或推动机器，也可以泛滥横流，淹毙人畜草木。同是强旺的生活力，用在运动可以健身，用在艺术可以怡情养性，用在吃喝嫖赌就可以劳民伤财，为非作歹。“浪子回头是个宝”，也就是这个道理。所以消遣看来虽似末节，却与民族性格国家风纪都有密切关系。一个民族兴盛时有一种消遣方式，颓废时又有另一种消遣方式。古希腊罗马在强盛时，人民都欢喜运动、看戏、参加集会，到颓废时才有些骄奢淫逸的玩意儿如玩娈童、看人兽斗之类。近代条顿民族多欢喜户外运动，而拉丁民族则多消磨时光于咖啡馆与跳舞厅。我国古代民族娱乐花样本极多，如音乐、跳舞、驰马、试剑、打猎、钓鱼、斗鸡、走狗等等都含有艺术意味或运动意味。后来士大夫阶级偏嗜琴棋书画，虽仍高雅，已微嫌侧重艺术，带有几分“颓废”色彩。近来“民族形式”的消遣似只有打麻将、坐茶馆、吃馆子、逛窑子几种。对于这些玩艺儿不感兴趣的人们除着做苦工之外，就只有索然枯坐，不能在生活中领略到一点乐趣。我经过几个大学和中学，看见大部分教员和学生终年没有一点消遣，大家都喊着苦闷，可是大家都不肯出点力把生活略加改善，提倡一些高级趣味的娱乐来排遣闲散时光。从消遣一点看，我们可以窥见民族生命力的降低。这是一个很危险的现象。它的原因在一般人不明了消遣的功用，把它太看轻了。

其实这事并不能看轻。柏拉图计划理想国的政治，主张消遣娱乐都由国法规定。儒家标六艺之教，其中礼、乐、射、御四项都带有消遣娱乐意味，只书、数两项才是工作。孔子谈修养，“居于仁”之后即继以“游于艺”，这足见中西哲人都把消遣娱乐看得很重，梁任公先生有一文讲演消遣，可惜原文不在手边，记得大意是反对消遣浪费时光。他大概有见于近来我国一般消遣方式趣味太低级。但我们不能因噎废食。精力必须发泄，不发泄于有益身心的运动和艺术，便须发泄于有害身心的打牌、抽烟、喝酒、逛窑子。我们要禁绝有害身心的消遣方式，必须先提倡有益身心的消遣方式。比如水势须决堤泛滥，你不愿它决诸东方，就必须让它决诸西方，这是有心政治与教育的人们所应趁早注意设法的。要复兴民族，固然有许多大事要做，可是改善民众消遣娱乐，也未见得就是小事。

谈青年与恋爱结婚

在动物阶层，性爱不成问题，因为一切顺着自然倾向，不失时，不反常，所以也就合理。在原始人类社会，性爱不成为严重的问题，因为大体上还是顺自然倾向的，纵有社会裁制，习惯成了自然，大家也就相安无事。在近代开化的社会，性爱的问题变成很严重，因为自然倾向与社会裁制发生激烈的冲突，失时和反常的现象常发生，伦理的、宗教的、法律的、经济的、社会的关系愈复杂，纠纷愈多而解决愈困难。这困难成年人感觉到很迫切，青年人感觉到尤其迫切。性爱在青年期有一个极大的矛盾：一方面性欲在青年期由潜伏而旺盛，力量特别强烈；一方面种种理由使青年人不适宜于性生活的活动。

先说青年人不适宜于性爱的理由：

一、恋爱的正常归宿是结婚，结婚的正常归宿是生儿养女，成立家庭。青年处学习期，在事业上尚无成就，在经济上未能独立，负不起成立家庭教养子女的责任。恋爱固然可以不结婚，但是性的冲动培养到最紧张的程度而没有正常的发泄，那是违反自然，从医学和心理学观点看，对于身心都有很大的妨害。结婚固然也可以节制生育，但是寻常婚后生活中，子女的爱是夫妻中间一个重要的联系，培养起另一代人原是结婚男女的共同目标与共同兴趣，把这共同目标与共同兴趣用不自然的方法割去了，结婚男女的生活就很干枯，他们的情感也就逐渐冷淡。这对于种族和个人都没有裨益，失去了恋爱与婚姻的本来作用。

二、青年身体发展尚未完全成熟，早婚妨碍健康，尽人皆知；如果生儿养女，下一代人也必定比较羸弱，可以影响到民族的体力，我国以往在这方面吃的亏委实不小。还不仅此，据一般心理学家的观察，性格的成熟常晚于体格的成熟，青年在体格方面尽管已成年，在心理方面往往还很幼稚，男子尤其是如此。在二十余岁的光景，他们心中装满着稚气的幻想，没有多方的人生经验，认不清现实，情感游离浮动，理智和意志都很薄弱，性格极易变动，尤其是缺乏审慎周详的决择力与判断力，今天做的事明天就会懊悔。假如他们钟情一个女子，马上就会陷入沉醉迷狂状态，把爱的实现看得比世间任何事都较重要；达不到目的，世界就显得黑暗，人生就显得无味，觉得非自杀不可；达到目的，结婚就成了“恋爱的坟墓”，从前的仙子就是现在的手镣脚铐。到了这步田地，他们不是牺牲自己的幸福，就是牺牲别人的幸福。许多有为青年的前途就这样毁去了，让体格性格都不成熟的青年人去试人生极大的冒险，那简直是一个极大的罪孽。

三、人生可分几个时期，每时期有每时期的正当使命与正当工作。青年期的正当使命是准备做人，正当工作是学习。在准备做人时，在学习时，无论是恋爱或结婚都是一种妨害。人生精力有限，在恋爱和结婚上面消耗了一些，余剩可用于学习的就不够。在大学期间结婚的学生成绩必不会顶好，在中学期间结婚的学生的前途决不会有很大的希望。自己还带乳臭，就腼颜准备做父母，还满口在谈幸福，社会上有这现象，就显得它有些病态。恋爱用不着反对，结婚更用不着反对，只是不能“用违其时”。禽兽性生活的优点就在不失时，一生中有一个正当的时期，一年中有一个正当的季节。在人类，正当的时期是壮年，老年人过时，青年人不及时，青年人恋爱结婚，与老年人恋爱结婚，是同样的反常可笑。

假如我们根据这几条理由，就绝对反对青年讲恋爱，是否可能呢？我自己也是过来人，略知此中甘苦，凭自己的经验和对旁人的观察，我可以大胆地说：在三十岁以前，一个人假如不受爱情的搅扰，对男女间事不发生很大的兴趣，专心致志地去做他的学问，那是再好没有的事，他可以多得些成就，少得些苦恼。我还可以说，像这样天真烂漫地过去青春的人，世间也并非绝对没有；而且如果我们认定三十岁左右为正当的结婚年龄，从生物学观点看，这种人也不能算是不自然或不近人情。不过我们也须得承认，在近代社会中，这种浑厚的青年人确实很少，少的原因是在近代生活对于性爱有许多不健康的暗示与刺激，以及教育方面的欠缺。家庭和学校对男女间事绝对不准谈，仿佛这中间事极神秘或是极不体面，有不可告人处。只这印象对儿童们影响就很坏。他们好奇心特别强，你愈想瞒，他们就愈想知道。他们或是从大人方面窥出一些偷偷摸摸的事，或是从一块儿游戏的顽童听到一些淫秽的话。不久他们的性的冲动逐渐发达了，这些不良的种子就在他们心中发芽生枝，好奇心以外又加上模仿本能的活动。他们开始看容易刺激性欲的小说或电影，注意窥探性生活的秘密，甚至想自己也跳到那热闹舞台上去表演。他们年纪轻，正当的对象自无法可得，于是演出种种“性的反常”现象，如同性爱、自性爱、手淫之类。如果他们生在都市里，年纪比较大一点，说不定还和不正当的女人来往。如果他们进了大学，读过一些讴歌恋爱的诗文，看过一些甜情蜜意的榜样，就会觉得恋爱是大学生活中应有的一幕，自己少不得也要凑趣应景，否则即是一个缺陷、一宗耻辱。我们可以说，现在一般青年从幼稚园到大学，沿途所学的性生活的影响都是不健康的，无怪他们向不健康的路径走。

自命为“有心人”的看到这种景象，或是嗟叹世风不古，或是诅咒近代教育，想拿古老的教条来钳制近代青年的活动。世风不古是事实，无用嗟叹，在任何时代，世风都不会“古”的。世界既已演变到现在这个阶段，要想回到男女授受不亲那种状态，未免是痴人说梦。我个人的主张是要把科学知识尽量地应用到性爱问题上面来，使一般人一方面明白它在生物学、生理学和心理学上的意义，一方面也认清它所连带的社会、政治、经济各方面的责任。这问题，像一切其他人生问题一样，可以用冷静的头脑去思索，不必把它摆在一种带有宗教性的神秘氛围里。神秘本身就是一种诱惑，暗中摸索都难免跌交。

就大体说，我赞成用很自然的方法引导青年撇开恋爱和结婚的路。所谓自然的方法有两种。第一是精力有所发挥，精神有所委托。一个人心无二用，却也不能没有所用。青年人精力最弥满，要他闲着无所用，就难免泛滥横流。假如他在工作里发生兴趣，在文艺里发生兴趣，甚至在游戏运动里发生兴趣，这就可以垄断他的心神，不叫它旁迁他涉。我知道很多青年因为心有所用，很自然地没有走上恋爱的路。第二是改善社交生活，使同情心得到滋养。青年人最需要的是同情，最怕的是寂寞，愈寂寞就愈感觉异性需要的迫切。一般青年追求异性，与其说是迫于性的冲动，勿宁说是迫于同情的需要。要满足这需要，社交生活如果丰富也就够了。一个青年如果有亲热的家庭生活，加上温暖的团体生活，不感觉到孤寂，他虽然还有“遇”恋爱的可能，却无“谋”恋爱的必要。

这番话并非反对男女青年的正常交接，反之，我认为男女社交公开是改善社交生活的一端。愈隔绝，神秘观念愈深，把男女关系看成神秘，从任何观点看，都是要不得的。我虽然赞成叔本华的“男女的爱都是性爱”的看法，却不敢同意王尔德的“男女间只有爱情而无友谊”的看法。因为友谊有深有浅，友谊没有深到变为爱情的程度是常见的。据我个人的观察，青年施受同情的需要虽很强烈，而把同情专注在某一个对象上并不是一个很自然的现象。无论在同性中或异性中，一个人很可能地同时有几个好友。交谊愈广泛，发生恋爱的可能性也就愈少。一个青年最危险的遭遇莫过于向来没有和一个女子有较深的接触，一碰见第一个女子就爱上了她。许多在男女社交方面没有经验的青年却往往是如此，而许多悲剧也就如此酿成。

在男女社交公开中，“遇”恋爱自然很可能，但是危险性比较小，双方对于异性都有较清楚的认识。既然“遇”上了恋爱，一个人最好认清这是一件极自然极平凡而亦极严重的事。他不应视为儿戏，却也不应沉醉在诗人的幻想里，他应该用最写实的态度去应付它。如果“恋爱至上”，他也要从生物学观点把它看成“至上”，与爱神无关，与超验哲学更无关。他就要准备作正常的归宿——结婚，生儿养女，和担负家庭的责任。

柏拉图到晚年计划第二“理想国”，写成一本书叫做《法律》，里面有一段话颇有意思，现在译来作本文的结束：

> 我们的公民不应比鸟类和许多其他动物都不如，它们一生育就是一大群，不到生殖的年龄却不结婚，维持着贞洁。但是到了适当的时候，雌雄就配合起来，相欢相爱，终身过着圣洁和天真的生活，牢守着它们的原来的合同：——真的，我们应该向他们（公民们）说，你们须比禽兽高明些。

谈价值意识

——物有本末，事有终始，知所先后，则近道矣。

我初到英国读书时，一位很爱护我的教师——辛博森先生——写了一封很恳切的长信，给我讲为人治学的道理，其中有一句话说：“大学教育在使人有正确的价值意识，知道权衡轻重。”于今事隔二十余年，我还很清楚地记得这句看来颇似寻常的话。在当时，我看到了有几分诧异，心里想：大学教育的功用就不过如此么？这二三十年的人生经验才逐渐使我明白这句话的分量。我有时虚心检点过去，发现了我每次的过错或失败都恰是当人生歧路，没有能权衡轻重，以至去取失当，比如说，我花去许多功夫读了一些于今看来是值不得读的书，做了一些于今看来是值不得做的文章，尝试了一些于今看来是值不得尝试的事，这样地就把正经事业耽误了。好比行军，没有侦出要塞，或是侦出要塞而不尽力去击破，只在无战争重要性的角落徘徊摸索，到精力消耗完了还没碰着敌人，这岂不是愚蠢？

我自己对于这种愚蠢有切身之痛，每衡量当世人物，也欢喜审察他们是否有没有犯同样的毛病。有许多在学问思想方面极为我所敬佩的人，希望本来很大，他们如果死心踏地做他们的学问，成就必有可观。但是因为他们在社会上名望很高，每个学校都要请他们演讲，每个机关都要请他们担任职务，每个刊物都要请他们做文章，这样一来，他们不能集中力量去做一件事，用非其长，长处不能发展，不久也就荒废了。名位是中国学者的大患。没有名位去挣扎求名位，旁驰博骛，用心不专，是一种浪费；既得名位而社会视为万能，事事都来打搅，惹得人心花意乱，是一种更大的浪费。“古之学者为已，今之学者为人。”在“为人”、“为已”的冲突中，“为人”是很大的诱惑。学者遇到这种诱惑，必须知所轻重，毅然有所取舍，否则随波逐流，不旋踵就有没落之祸。认定方向，立定脚跟，都需要很深厚的修养。

“正其谊不谋其利，明其道不计其功”，是儒家在人生理想上所表现的价值意识。“学也，禄在其中”，既学而获禄，原亦未尝不可；为干禄而求学，或得禄而忘学便是颠倒本末。我国历来学子正坐此弊。记得从前有一个学生刚在中学毕业，他的父亲就要他做事谋生，有友人劝阻他说：“这等于吃稻种。”这句聪明话可表现一般家长视教育子弟为投资的心理。近来一般社会重视功利，青年学子便以功利自期，入学校只图混资格作敲门砖，对学问没有浓厚的兴趣，至于立身处世的道理更视为迂阔而远于事情。这是价值意识的混乱。教育的根基不坚实，影响到整个社会风气以至于整个文化。轻重倒置，急其所应缓，缓其所应急，这种毛病在每个人的生活上、在政治上、在整个文化动向上都可以看见。近来我看了英人贝尔的《文化论》(Clive Bell：Civilization)，其中有一章专论价值意识为文化要素，颇引起我的一些感触。贝尔专从文化观点立论，我联想到“价值意识”在人生许多方面的意义。这问题值得仔细一谈。

自然界事物纷纭错杂，人能不为之迷惑，赖有两种发现，一是条理，一是分寸。条理是联系线索，分寸是本末轻重。有了条理，事物才能分别类居，不相杂乱；有了分寸，事物才能尊卑定位，各适其宜。条理是横面上的秩序，分寸是纵面上的等差。条理在大体上是纯理活动的产品，是偏于客观的；分寸的鉴别则有赖于实用智慧，常为情感意志所左右，带有主观的成分。别条理，审分寸，是人类心灵的两种最大的功能，一般自然科学在大体上都是别条理的事，一般含有规范性的学术如文艺、伦理、政治之类都是审分寸的事。这两种活动有时相依为用，但是别条理易，审分寸难。一个稍有逻辑修养的人大半能别条理，审分寸则有待于一般修养。它不仅是分析，而且是衡量；不仅是知解，而且是抉择。“厩焚，子退朝，曰：‘伤人乎？’不问马。”这件事本很琐细，但足见孔子心中所存的分寸，这种分寸是他整个人格的表现。

所谓审分寸，就是辨别紧要的与琐屑的，也就是有正确的价值意识。“价值”是一个哲学上的术语，有些哲学家相信世间有绝对价值，永住常在，不随时空及人事环境为转移，如康德所说的道德责任，黑格尔所说的永恒公理。但是就一般知解说，价值都有对待，高下相形，美丑相彰，而且事物自身本无价值可言，其有价值，是对于人生有效用，效用有大小，价值就有高低。这所谓“效用”自然是指极广义的，包含一切物质的和精神的实益，不单指狭义功利主义所推崇的安富尊荣之类，作为这样的解释，价值意识对于人生委实是重要。人生一切活动，都各追求一个目的，我们必须先估定这目的有无追求的价值。如果根本没有价值而我们去追求，只追求较低的价值，我们就打错了算盘，没有尽量地享受人生最大的好处。有正确的价值意识，我们对于可用的力量才能作最经济的分配，对于人生的丰富意味才能尽量榨取。人投生在这个世界里如入珠宝市，有任意采取的自由，但是货色无穷，担负的力量不过百斤。有人挑去瓦砾，有人挑去钢铁，也有人挑去珠玉，这就看他们的价值意识如何。

价值意识的应用范围极广。凡是出于意志的行为都有所抉择、有所排弃。在各种可能的途径之中择其一而弃其余，都须经过价值意识的审核。小而衣食行止，大而道德学问事功，无一能为例外。

价值通常分为真善美三种。先说真，它是科学的对象。科学的思考在大体上虽偏于别条理，却也须审分寸。它分析事物的属性，必须辨别主要的与次要的；推求事物的成因，必须辨别自然的与偶然的；归纳事例为原则，必须辨别貌似有关的与实际有关的。苹果落地是常事，只有牛顿抓住它的重要性而发明引力定律；蒸汽上腾是常事，只有瓦特抓住它的重要性而发明蒸汽机。就一般学术研究方法说，提纲挈领是一套紧要的工夫，囫囵吞枣必定是食而不化。提纲挈领需要很锐敏的价值意识。

次说美，它是艺术的对象。艺术活动通常分欣赏与创造。欣赏全是价值意识的鉴别，艺术趣味的高低全靠价值意识的强弱。趣味低，不是好坏无鉴别，就是欢喜坏的而不了解好的。趣味高，只有真正好的作品才够味，低劣作品可以使之作呕。艺术方面的爱憎有时更甚于道德方面的爱憎，行为的失检可以原谅，趣味的低劣则无可容恕。至于艺术创造更步步需要谨严的价值意识。在作品酝酿中，许多意象纷呈，许多情致泉涌，当兴高采烈时，它们好像八宝楼台，件件惊心夺目，可是实际上它们不尽经得起推敲，艺术家必能知道割爱，知道剪裁洗炼，才可披沙拣金。这是第一步。已选定的材料需要分配安排，每部分的分量有讲究，各部分的先后位置也有讲究。凡是艺术作品必有头尾和身材，必有浓淡虚实，必有着重点与陪衬点。“譬如北辰，居其所，而众星拱之。”艺术作品的意思安排也是如此。这是第二步。选择安排可以完全是胸中成竹，要把它描绘出来，传达给别人看，必藉特殊媒介，如图画用形色，文学用语言。一个意思常有几种说法，都可以说得大致不差，但是只有一种说法，可以说得最恰当妥贴。艺术家对于所用媒介必有特殊敏感，觉得大致不差的说法实在是差以毫厘，谬以千里，并且在没有碰着最恰当的说法以前，心里就安顿不下去，他必肯呕出心肝去推敲。这是第三步。在实际创造时，这三个步骤虽不必分得如此清楚，可是都不可少，而且每步都必有价值意识在鉴别审核。每个大艺术家必同时是他自己的严厉的批评者，一个人在道德方面需要良心，在艺术方面尤其需要良心。良心使艺术家不苟且敷衍，不甘落下乘。艺术上的良心就是谨严的价值意识。

再次说善，它是道德行为的对象。人性本可与为善，可与为恶，世间善人少而不善人多，可知为恶易而为善难。为善所以难者，道德行为虽根于良心，常与私欲相冲突，胜私欲需要极大的意志力。私欲引人朝抵抗力最低的路径走，而道德行为往往朝抵抗力最大的路径走。这本有几分不自然。但是世间终有人为履行道德信条而不惜牺牲一切者，即深切地感觉到善的价值。“朝闻道，夕死可矣。”孔子醇儒，向少作这样侠士气的口吻，而竟说得如此斩截者，即本于道重于生命一个价值意识。古今许多忠臣烈士宁杀身以成仁，也是有见于此。从短见的功利观点看，这种行为有些傻气。但是人之所以为人，就贵在这点傻气。说浅一点，善是一种实益，行善社会才可安宁，人生才有幸福。说深一点，善就是一种美，我们不容行为有瑕疵，犹如不容一件艺术作品有缺陷。求行为的善，即所以维持人格的完美与人性的尊严。善的本身也有价值的等差。“礼与其奢也宁俭，丧与其奢也宁戚”，重在内心不在外表。“男女授受不亲，嫂溺援之以手”，重在权变不在拘守条文。“人尽夫也，父一而已”，重在孝不在爱。忠孝不能两全时，先忠而后孝。以德报怨，即无以报德，所以圣人主以直报怨。“其父攘羊，其子证之”，为国法而伤天伦，所以圣人不取。子夏丧子失明而丧亲民无所闻，所以为曾子所呵责。孔子自己的儿子死只有棺，所以不肯卖车为颜渊买椁。齐人拒嗟来之食，义本可嘉，施者谢罪仍坚持饿死，则为太过。有无相济是正当道理，微生高乞醯以应邻人之求，不得为直。战所以杀敌致胜，宋襄公不鼓不成列，不得为仁。这些事例有极重大的，有极寻常的，都可以说明权衡轻重是道德行为中的紧要工夫。道德行为和艺术一样，都要做得恰到好处。这就是孔子所谓“中”，孟子所谓“义”。中者无过无不及，义者事之宜。要事事得其宜而无过无不及，必须有很正确的价值意识。

真善美三种价值既说明了，我们可以进一步谈人生理想。每个人都不免有一个理想，或为温饱，或为名位，或为学问，或为德行，或为事功，或为醇酒妇人，或为斗鸡走狗，所谓“从其大体者为大人，存其小体者为小人”。这种分别究竟以什么为标准呢？哲学家们都承认：人生最高目的是幸福。什么才是真正的幸福？对于这问题也各有各的见解。积学修德可被看成幸福，饱食暖衣也可被看成幸福，究竟谁是谁非呢？我们从人的观点来说，须认清人的高贵处在哪一点。很显然地，在肉体方面，人比不上许多动物，人之所以高于禽兽者在他的心灵。人如果要充分地表现他的人性，必须充实他的心灵生活。幸福是一种享受。享受者或为肉体，或为心灵。人既有肉体，即不能没有肉体的享受。我们不必如持禁欲主义的清教徒之不近人情，但是我们也须明白：肉体的享受不是人类最上的享受，而是人类与鸡豚狗彘所共有的。人类最上的享受是心灵的享受。哪些才是心灵的享受呢？就是上文所述的真善美三种价值。学问、艺术、道德几无一不是心灵的活动，人如果在这三方面达到最高的境界，同时也就达到最幸福的境界。一个人的生活是否丰富，这就是说，有无价值，就看他对于心灵或精神生活的努力和成就的大小。如果只顾衣食饱暖而对于真善美漫不感觉兴趣，他就成为一种行尸走肉了，这番道德本无深文奥义，但是说起来好像很迂阔。灵与肉的冲突本来是一个古老而不易化除的冲突。许多人因顾到肉遂忘记灵，相习成风，心灵生活便被视为怪诞无稽的事。尤其是近代人被“物质的舒适”一个观念所迷惑，大家争着去拜财神，财神也就笼罩了一切。“哀莫大于心死”，而心死则由于价值意识的错乱。我们如想改正风气，必须改正教育，想改正教育，必须改正一般人的价值意识。

谈美感教育

世间事物有真善美三种不同的价值，人类心理有知情意三种不同的活动。这三种心理活动恰和三种事物价值相当：真关于知，善关于意，美关于情。人能知，就有好奇心，就要求知，就要辨别真伪，寻求真理。人能发意志，就要想好，就要趋善避恶，造就人生幸福。人能动情感，就爱美，就欢喜创造艺术，欣赏人生自然中的美妙境界。求知、想好、爱美，三者都是人类天性；人生来就有真善美的需要，真善美具备，人生才完美。

教育的功用就在顺应人类求知、想好、爱美的天性，使一个人在这三方面得到最大限度的调和的发展，以达到完美的生活。“教育”一词在西文为education,是从拉丁动词educare来的，原义是“抽出”，所谓“抽出”就是“启发”。教育的目的在“启发”人性中所固有的求知、想好、爱美的本能，使它们尽量生展。中国儒家的最高的人生理想是“尽性”。他们说：“能尽人之性则能尽物之性，能尽物之性则可以赞天地之化育。”教育的目的可以说就是使人“尽性”，“发挥性之所固有”。

物有真善美三面，心有知情意三面，教育求在这三方面同时发展，于是有智育、德育、美育三节目。智育叫人研究学问，求知识，寻真理；德育叫人培养良善品格，学做人处世的方法和道理；美育叫人创造艺术，欣赏艺术与自然，在人生世相中寻出丰富的兴趣。三育对于人生本有同等的重要，但是在流行教育中，只有智育被人看重，德育在理论上的重要性也还没有人否认，至于美育则在实施与理论方面都很少有人顾及。二十年前蔡孑民先生一度提倡过“美育代宗教”，他的主张似没有发生多大的影响。还有一派人不但忽略美育，而且根本仇视美育。他们仿佛觉得艺术有几分不道德，美育对于德育有妨碍。希腊大哲学家柏拉图就以为诗和艺术是说谎的，逢迎人类卑劣情感的，多受诗和艺术的熏染，人就会失去理智的控制而变成情感的奴隶，所以他对诗人和艺术家说了一番客气话之后，就把他们逐出“理想国”的境外。中世纪耶稣教徒的态度很类似。他们以倡苦行主义求来世的解脱，文艺是现世中一种快乐，所以被看成一种罪孽。近代哲学家中卢梭是平等自由说的倡导者，照理应该能看得宽远一点，但是他仍是怀疑文艺，因为他把文艺和文化都看成朴素天真的腐化剂。托尔斯泰对近代西方艺术的攻击更丝毫不留情面，他以为文艺常传染不道德的情感，对于世道人心影响极坏。他在《艺术论》里说：“每个有理性有道德的人应该跟着柏拉图以及耶回教师，把这问题从新这样决定：宁可不要艺术，也莫再让现在流行的腐化的虚伪的艺术继续下去。”

这些哲学家和宗教家的根本错误在认定情感是恶的、理性是善的，人要能以理性镇压感情，才达到至善。这种观念何以是错误的呢？人是一种有机体，情感和理性既都是天性固有的，就不容易拆开。造物不浪费，给我们一份家当就有一份的用处。无论情感是否可以用理性压抑下去，纵是压抑下去，也是一种损耗，一种残废。人好比一棵花草，要根茎枝叶花实都得到平均的和谐的发展，才长得繁茂有生气。有些园丁不知道尽草木之性，用人工去歪曲自然，使某一部分发达到超出常态，另一部分则受压抑摧残。这种畸形发展是不健康的状态，在草木如此，在人也是如此。理想的教育不是摧残一部分天性而去培养另一部分天性，以致造成畸形的发展，理想的教育是让天性中所有的潜蓄力量都得尽量发挥，所有的本能都得平均调和发展，以造成一个全人。所谓“全人”除体格强壮以外，心理方面真善美的需要必都得到满足。只顾求知而不顾其他的人是书虫；只讲道德而不顾其他的人是枯燥迂腐的清教徒，只顾爱美而不顾其他的人是颓废的享乐主义者。这三种人都不是全人而是畸形人，精神方面的驼子、跛子。养成精神方面的驼子、跛子的教育是无可辩护的。

美感教育是一种情感教育。它的重要我们的古代儒家是知道的。儒家教育特重诗，以为它可以兴观群怨；又特重礼乐，以为“礼以制其宜，乐以导其和”。《论语》有一段话总述儒家教育宗旨说：“兴于诗，立于礼，成于乐。”诗、礼、乐三项可以说都属于美感教育。诗与乐相关，目的在怡情养性，养成内心的和谐（harmony）；礼重仪节，目的在使行为仪表就规范，养成生活上的秩序（order）。蕴于中的是性情，受诗与乐的陶冶而达到和谐；发于外的是行为仪表，受礼的调节而进到秩序。内具和谐而外具秩序的生活，从伦理观点看，是最善的；从美感观点看，也是最美的。儒家教育出来的人要在伦理和美感观点都可以看得过去。

这是儒家教育思想中最值得注意的一点。他们的着重点无疑地是在道德方面，德育是他们的最后鹄的，这是他们与西方哲学家、宗教家柏拉图和托尔斯泰诸人相同的。不过他们高于柏拉图和托尔斯泰诸人，因为柏拉图和托尔斯泰诸人误认美育可以妨碍德育，而儒家则认定美育为德育的必由之径。道德并非陈腐条文的遵守，而是至性真情的流露。所以德育从根本做起，必须怡情养性。美感教育的功用就在怡情养性。所以是德育的基础工夫。严格地说，善与美不但不相冲突，而且到最高境界根本是一回事，它们的必有条件同是和谐与秩序。从伦理观点看，美是一种善；从美感观点看，善也是一种美。所以在古希腊文与近代德文中，美善只有一个字，在中文和其他近代语文中，“善”与“美”二字虽分开，仍可互相替用。真正的善人对于生活不苟且，犹如艺术家对于作品不苟且一样。过一世生活好比做一篇文章，文章求惬心贵当，生活也须求惬心贵当。我们嫌恶行为上的鄙卑龌龊，不仅因其不善，也因其丑，我们赞赏行为上的光明磊落，不仅因其善，也因其美，一个真正有美感修养的人必定同时也有道德修养。

美育为德育的基础，英国诗人雪莱在《诗的辩护》里也说得透辟。他说：

> 道德的大原在仁爱，在脱离小我，去体验我以外的思想行为和体态的美妙。一个人如果真正做善人，必须能深广地想象，必须能设身处地替旁人想，人类的忧喜苦乐变成他的忧喜苦乐。要达到道德上的善，最大的途径是想象；诗从这根本上做工夫，所以能发生道德的影响。

换句话说，道德起于仁爱，仁爱就是同情，同情起于想象。比如你哀怜一个乞丐，你必定先能设身处地想象他的痛苦。诗和艺术对于主观的情境必能“出乎其外”，对于客观的情境必能“入乎其中”，在想象中领略它、玩索它，所以能扩大想象，培养同情。这种看法也与儒家学说暗合。儒家在诸德中特重“仁”，“仁”近于耶稣教的“爱”、佛教的“慈悲”，是一种天性，也是一种修养。仁的修养就在诗。儒家有一句很简赅深刻的话：“温柔敦厚，诗教也。”诗教就是美育，温柔敦厚就是仁的表现。

美育不但不妨害德育而且是德育的基础，如上所述。不过美育的价值还不仅在此。西方人有一句恒言说：“艺术是解放的，给人自由的。”（Art is liberative）这句话最能见出艺术的功用，也最能见出美育的功用。现在我们就在这句话的意义上发挥。从哪几方面看，艺术和美育是“解放的，给人自由的”呢？

第一，是本能冲动和情感的解放。人类生来有许多本能冲动和附带的情感，如性欲、生存欲、占有欲、爱、恶、怜、惧之类。本自然倾向，它们都需要活动，需要发泄。但是在实际生活中，它们不但常彼此互相冲突，而且与文明社会的种种约束如道德、宗教、法律、习俗之类不相容。我们每个人都知道，本能冲动和欲望是无穷的，而实际上有机会实现的却寥寥有数。我们有时察觉到本能冲动和欲望不大体面，不免起羞恶之心，硬把它们压抑下去；有时自己对它们虽不羞恶而社会的压力过大，不容它们赤裸裸地暴露，也还是被压抑下去。性欲是一个最显著的例。从前哲学家、宗教家大半以为这些本能冲动和情感都是卑劣的、不道德的、危险的，承认压抑是最好的处置。他们的整部道德信条有时只在理智镇压情欲。我们在上文指出这种看法的不合理，说它违背平均发展的原则，容易造成畸形发展。其实它的祸害还不仅此。弗洛伊德（Freud）派心理学告诉我们，本能冲动和附带的情感仅可暂时压抑而不可永远消灭，它们理应有自由活动的机会，如果勉强被压抑下去，表面上像是消灭了，实际上在隐意识里凝聚成精神的疮疖，为种种变态心理和精神病的根源。依弗洛伊德看，我们现代文明社会中人因受道德、宗教、法律、习俗的裁制，本能冲动和情感常难得正常的发泄，大半都有些“被压抑的欲望”所凝成的“情意综”（complexes）。这些情意综潜蓄着极强烈的捣乱力，一旦爆发，就成精神上种种病态。但是这种潜力可以藉文艺而发泄，因为文艺所给的是想象世界，不受现实世界的束缚和冲突，在这想象世界中，欲望可以用“望梅止渴”的办法得到满足。文艺还把带有野蛮性的本能冲动和情感提到一个较高尚较纯洁的境界去活动，所以有升华作用（sublimation）。有了文艺，本能冲动和情感才得自由发泄，不致凝成疮疖酿精神病，它的功用有如机器方面的“安全瓣”（safety volve）。弗洛伊德的心理学有时近于怪诞，但实含有一部分真理。文艺和其他美感活动，给本能冲动和情感以自由发泄的机会，在日常经验中也可以得到证明。我们每当愁苦无聊时，费一点工夫来欣赏艺术作品或自然风景，满腹的牢骚就马上烟消云散了。读古人痛快淋漓的文章，我们常有“先得我心”的感觉。看过一部戏或是读过一部小说以后，我们觉得曾经紧张了一阵是一件痛快事。这些快感都起于本能冲动和情感在想象世界中得解放。最好的例子是歌德著《少年维特之烦恼》的经过。他少时爱过一个已经许人的女子，心里痛苦已极，想自杀以了一切。有一天他听到一位朋友失恋自杀的消息，想到这事和他自己的境遇相似，可以写成一部小说。他埋头两礼拜，写成《少年维特之烦恼》。把自己心中怨慕愁苦的情绪一齐倾泻到书里。书成了，他的烦恼便去了，自杀的念头也消了。从这实例看，文艺确有解放情感的功用，而解放情感对于心理健康也确有极大的裨益，我们通常说一个人情感要有所寄托，才不致苦恼烦闷。文艺是大家公认为寄托情感的最好的处所。所谓“情感有所寄托”还是说它要有地方可以活动，可得解放。

其次，是眼界的解放。宇宙生命时时刻刻在变动进展中，希腊哲人有“濯足急流，抽足再入，已非前水”的譬喻，所以在这种变动进展的过程中每一时每一境都是个别的、新鲜的、有趣的。美感经验并无深文奥义，它只在人生世相中见出某一时某一境特别新鲜有趣而加以流连玩味，或者把它描写出来。这句话中“见”字最紧要。我们一般人对于本来在那里的新鲜有趣的东西不容易“见”着。这是什么缘故呢？不能“见”必有所蔽。我们通常把自己囿在习惯所画成的狭小圈套里，让它把眼界“蔽”着，使我们对它以外的世界都视而不见、听而不闻。比如我们如果囿于饮食男女，饮食男女以外的事物就见不着；囿于奔走钻营，奔走以外的事就见不着。有人向海边农夫称赞他们的门前海景美，他很羞涩地指着后菜园说：“海没有什么，屋后的一园菜倒还不差。”一园菜囿住了他，使他不能见到海景美。我们每个人都有所囿，有所蔽，许多东西都不能见，所见到的天地是非常狭小、陈腐的、枯燥的。诗人和艺术家所以超过我们一般人者就在情感比较真挚、感觉比较锐敏、观察比较深刻、想象比较丰富。我们“见”不着的他们“见”得着，并且他们“见”得到就说得出，我们本来“见”不着的他们“见”着说出来了，就使我们也可以“见”着。像一位英国诗人所说的，他们“借他们的眼睛给我们看”（They lend their eyes for us to see）。中国人爱好自然风景的趣味是陶、谢、王、韦诸诗人所传染的。

在Turner[①]和Whistler[②]以前，英国人就没有注意到泰晤士河上有雾。Byron[③]以前，欧洲人很少赞美威尼斯。前一世纪的人崇拜自然，常咒骂城市生活和工商业文化，但是现代美国、俄国的文学家有时把城市生活和工商业文化写得也很有趣。人生的罪孽灾害通常只引起忿恨，悲剧却教我们于罪孽灾祸中见出伟大庄严；丑陋乖讹通常只引起嫌恶，喜剧却教我们在丑陋乖讹中见出新鲜的趣味。Rembrandt[④]画过一些疲癃残疾的老人以后，我们见出丑中也还有美。象征诗人出来以后，许多一纵即逝的情调使我们觉得精细微妙，特别值得留恋。文艺逐渐向前伸展，我们的眼界也逐渐放大，人生世相越显得丰富华严。这种眼界的解放给我们不少的生命力量，我们觉得人生有意义、有价值，值得活下去。许多人嫌生活干燥，烦闷无聊，原因就在缺乏美感修养，见不着人生世相的新鲜有趣。这种人最容易堕落颓废，因为生命对于他们失去意义与价值。“哀莫大于心死”，所谓“心死”就是对于人生世相失去解悟与留恋，就是不能以美感态度去观照事物。美感教

① 约瑟夫·马洛德·威廉·透纳（1775—1851），英国画家。——编者注

② 詹姆斯·惠斯勒（1834—1903），美国画家。——编者注

③ 乔治·戈登·拜伦（1788—1824），英国诗人。——编者注

④ 伦勃朗·哈尔曼松·凡·莱因（1606—1669），荷兰画家。——编者注

育不是替有闲阶级增加一件奢侈，而是使人在丰富华严的世界中随处吸收支持生命和推展生命的活力。朱子有一首诗说："半亩方塘一鉴开，天光云影共徘徊。问渠那得清如许？为有源头活水来。"这诗所写的是一种修养的胜境。美感教育给我们的就是"源头活水"。

第三，是自然限制的解放。这是德国唯心派哲学家康德、席勒、叔本华、尼采诸人所最着重的一点，现在我们用浅近语来说明它。自然世界是有限的，受因果律支配的，其中毫末细故都有它的必然性，因果线索命定它如此，它就丝毫移动不得。社会由历史铸就，人由遗传和环境造成。人的活动寸步离不开物质生存条件的支配，没有翅膀就不能飞，绝饮食就会饿死。由此类推，人在自然中是极不自由的。动植物和非生物一味顺从自然，接受它的限制，没有过分希冀，也就没有失望和痛苦。人却不同，他有心灵，有不可压的欲望，对于无翅不飞、绝食饿死之类事实总觉有些歉然。人可以说是两重奴隶，第一服从自然的限制，其次要受自己的欲望驱使。以无穷欲望处有限自然，人便觉得处处不如意、不自由，烦闷苦恼都由此起。专就物质说，人在自然面前是很渺小的，它的力量抵不住自然的力量，无论你有如何大的成就，到头终不免一死，而且科学告诉我们，人类一切成就到最后都要和诸星球同归于毁灭，在自然圈套中求征服自然是不可能的，好比孙悟空跳来跳去，终跳不出如来佛的掌心。但是在精神方面，人可以跳开自然的圈套而征服自然，他可以在自然世界之外另在想象中造出较能合理慰情的世界。这就是艺术的创造。在艺术创造中可以把自然拿在手里来玩弄，剪裁它、锤炼它，从新给以生命与形式。每一部文艺杰作以至于每人在人生自然中所欣赏到的美妙境界都是这样创造出来的。美感活动是人在有限中所挣扎得来的无限，在奴属中所挣扎得来的自由。在服从自然限制而汲汲于饮食男女的寻求时，人是自然的奴隶；在超脱自然限制而创造欣赏艺术境界时，人是自然的主宰，换句话说，就是上帝。多受些美感教育，就是多学会如何从自然限制中解放出来，由奴隶变成上帝，充分地感觉人的尊严。

爱美是人类天性，凡是天性中所固有的必须趁适当时机去培养，否则像花草不及时下种及时培植一样，就会凋残萎谢。达尔文在自传里懊悔他一生专在科学上做工夫，没有把他年轻时对于诗和音乐的兴趣保持住，到老来他想用诗和音乐来调剂生活的枯燥，就抓不回年轻时那种兴趣，觉得从前所爱好的诗和音乐都索然无味。他自己说这是一部分天性的麻木，这是一个很好的前车之鉴。美育必须从年轻时就下手。年纪愈大，外务日纷繁，习惯的牢笼愈坚固，感觉愈迟钝，心里愈复杂，欣赏艺术力也就愈薄弱。我时常想，无论学哪一科专门学问，干哪一行职业，每个人都应该会听音乐，不断地读文学作品，偶尔有欣赏图画、雕刻的机会。在西方社会中这些美感活动是每个受教育者的日常生活中的重要节目。我们中国人除专习文学艺术者以外，一般人对于艺术都漠不关心，这是最可惋惜的事，它多少表示民族生命力的低降与精神的颓靡。从历史看，一个民族在最兴旺的时候，艺术成就必伟大，美育必发达。史诗悲剧时代的希腊、文艺复兴时代的意大利、莎士比亚时代的英国、歌德和贝多芬时代的德国都可以为证。我们中国人古代对于诗乐舞的嗜好也极普遍。《诗经》、《礼记》、《左传》诸书所记载的歌乐舞的盛况常使人觉得仿佛是置身近代欧洲社会。孔子处周衰之际，特置慨于诗亡乐坏，也是见到美育与民族兴衰的关系密切。现在我们要想复兴民族，必须恢复周以前歌乐舞的盛况，这就是说，必须提倡普及的美感教育。

生活本身是方法，也是目的

chapter 2

我们对于一棵古松的三种态度

子非鱼，安知鱼之乐？

超以象外，得其环中

读书破万卷，下笔如有神

慢慢走，欣赏啊！

我们对于一棵古松的三种态度

——实用的、科学的、美感的

我刚才说，一切事物都有几种看法。你说一件事物是美的或是丑的，这也只是一种看法；换一个看法，你说它是真的或是假的；再换一种看法，你说它是善的或是恶的。同是一件事物，看法有多种，所看出来的现象也就有多种。

比如园里那一棵古松，无论是你是我或是任何人一看到它，都说它是古松。但是你从正面看，我从侧面看，你以幼年人的心境去看，我以中年人的心境去看，这些情境和性格的差异都能影响到所看到的古松的面目。古松虽只是一件事物，你所看到的和我所看到的古松却是两件事。假如你和我各把所得的古松的印象画成一幅画或是写成一首诗，我们俩艺术手腕尽管不分上下，你的诗和画与我的诗和画相比较，却有许多重要的异点。这是什么缘故呢？这就由于知觉不完全是客观的，各人所见到的物的形象都带有几分主观的色彩。

假如你是一位木商，我是一位植物学家，另外一位朋友是画家，三人同时来看这棵古松。我们三人可以说同时都“知觉”到这一棵树，可是三人所“知觉”到的却是三种不同的东西。你脱离不了你的木商的心习，你所知觉到的只是一棵做某事用值几多钱的木料。我也脱离不了我的植物学家的心习，我所知觉到的只是一棵叶为针状、果为球状、四季常青的显花植物。我们的朋友——画家——什么事都不管，只管审美，他所知觉到的只是一棵苍翠劲拔的古树。我们三人的反应态度也不一致。你心里盘算它是宜于架屋或是制器，思量怎样去买它，砍它，运它。我把它归到某类某科里去，注意它和其他松树的异点，思量它何以活得这样老。我们的朋友却不这样东想西想，他只在聚精会神地观赏它的苍翠的颜色，它的盘屈如龙蛇的线纹以及它的昂然高举、不受屈挠的气概。

从此可知这棵古松并不是一件固定的东西，它的形象随观者的性格和情趣而变化。各人所见到的古松的形象都是各人自己性格和情趣的返照。古松的形象一半是天生的，一半也是人为的。极平常的知觉都带有几分创造性；极客观的东西之中都有几分主观的成分。

美也是如此。有审美的眼睛才能见到美。这棵古松对于我们的画画的朋友是美的，因为他去看它时就抱了美感的态度。你和我如果也想见到它的美，你须得把你那种木商的实用的态度丢开，我须得把植物学家的科学的态度丢开，专持美感的态度去看它。

这三种态度有什么分别呢?

先说实用的态度。做人的第一件大事就是维持生活。既要生活，就要讲究如何利用环境。“环境”包含我自己以外的一切人和物在内，这些人和物有些对于我的生活有益，有些对于我的生活有害，有些对于我不关痛痒。我对于他们于是有爱恶的情感，有趋就或逃避的意志和活动。这就是实用的态度。实用的态度起于实用的知觉，实用的知觉起于经验。小孩子初出世，第一次遇见火就伸手去抓，被它烧痛了，以后他再遇见火，便认识它是什么东西，便明了它是烧痛手指的，火对于他于是有意义。事物本来都是很混乱的，人为便利实用起见，才像被火烧过的小孩子根据经验把四围事物分类立名，说天天吃的东西叫做“饭”，天天穿的东西叫做“衣”，某种人是朋友，某种人是仇敌，于是事物才有所谓“意义”。意义大半都起于实用。在许多人看，衣除了是穿的，饭除了是吃的，女人除了是生小孩的一类意义之外，便寻不出其他意义。所谓“知觉”，就是感官接触某种人或物时心里明了他的意义。明了他的意义起初都只是明了他的实用。明了实用之后，才可以对他起反应动作，或是爱他，或是恶他，或是求他，或是拒他，木商看古松的态度便是如此。

科学的态度则不然。它纯粹是客观的、理论的。所谓客观的态度就是把自己的成见和情感完全丢开，专以“无所为而为”的精神去探求真理。理论是和实用相对的。理论本来可以见诸实用，但是科学家的直接目的却不在于实用。科学家见到一个美人，不说我要去向她求婚，她可以替我生儿子，只说我看她这人很有趣味，我要来研究她的生理构造，分析她的心理组织。科学家见到一堆粪，不说它的气味太坏，我要掩鼻走开，只说这堆粪是一个病人排泄的，我要分析它的化学成分，看看有没有病菌在里面。科学家自然也有见到美人就求婚，见到粪就掩鼻走开的时候，但是那时候他已经由科学家还到实际人的地位了。科学的态度之中很少有情感和意志，它的最重要的心理活动是抽象的思考。科学家要在这个混乱的世界中寻出事物的关系和条理，纳个物于概念，从原理演个例，分出某者为因，某者为果，某者为特征，某者为偶然性。植物学家看古松的态度便是如此。

木商由古松而想到架屋、制器、赚钱等等，植物学家由古松而想到根茎花叶、日光水分等等，他们的意识都不能停止在古松本身上面。不过把古松当作一块踏脚石，由它跳到和它有关系的种种事物上面去。所以在实用的态度中和科学的态度中，所得到的事物的意象都不是独立的、绝缘的，观者的注意力都不是专注在所观事物本身上面的。注意力的集中，意象的孤立绝缘，便是美感的态度的最大特点。比如我们的画画的朋友看古松，他把全副精神都注在松的本身上面，古松对于他便成了一个独立自足的世界。他忘记他的妻子在家里等柴烧饭，他忘记松树在植物教科书里叫做显花植物，总而言之，古松完全占领住他的意识，古松以外的世界他都视而不见、听而不闻了。他只把古松摆在心眼面前当作一幅画去玩味。他不计较实用，所以心中没有意志和欲念；他不推求关系、条理、因果等等，所以不用抽象的思考。这种脱净了意志和抽象思考的心理活动叫做“直觉”，直觉所见到的孤立绝缘的意象叫做“形象”。美感经验就是形象的直觉，美就是事物呈现形象于直觉时的特质。

实用的态度以善为最高目的，科学的态度以真为最高目的，美感的态度以美为最高目的。在实用态度中，我们的注意力偏在事物对于人的利害，心理活动偏重意志；在科学的态度中，我们的注意力偏在事物间的互相关系，心理活动偏重抽象的思考；在美感的态度中，我们的注意力专在事物本身的形象，心理活动偏重直觉。真善美都是人所定的价值，不是事物所本有的特质。离开人的观点而言，事物都混然无别，善恶、真伪、美丑就漫无意义。真善美都含有若干主观的成分。

就“用”字的狭义说，美是最没有用处的。科学家的目的虽只在辨别真伪，他所得的结果却可效用于人类社会。美的事物如诗文、图画、雕刻、音乐等等都是寒不可以为衣，饥不可以为食的。从实用的观点看，许多艺术家都是太不切实用的人物。然则我们又何必来讲美呢？人性本来是多方的，需要也是多方的。真善美三者俱备才可以算是完全的人。人性中本有饮食欲，渴而无所饮，饥而无所食，固然是一种缺乏；人性中本有求知欲而没有科学的活动，本有美的嗜好而没有美感的活动，也未始不是一种缺乏。真和美的需要也是人生中的一种饥渴——精神上的饥渴。疾病衰老的身体才没有口腹的饥渴。同理，你遇到一个没有精神上的饥渴的人或民族，你可以断定他的心灵已到了疾病衰老的状态。

人所以异于其他动物的就是于饮食男女之外还有更高尚的企求，美就是其中之一。是壶就可以贮茶，何必又求它形式、花样、颜色都要好看呢？吃饱了饭就可以睡觉，何必又呕心血去做诗、画画、奏乐呢？“生命”是与“活动”同义的，活动愈自由，生命也就愈有意义。人的实用的活动全是有所为而为，是受环境需要限制的；人的美感的活动全是无所为而为，是环境不需要他活动而他自己愿意去活动的。在有所为而为的活动中，人是环境需要的奴隶；在无所为而为的活动中，人是自己心灵的主宰。这是单就人说，就物说呢，在实用的和科学的世界中，事物都借着和其他事物发生关系而得到意义，到了孤立绝缘时就都没有意义；但是在美感世界中它却能孤立绝缘，却能在本身现出价值。照这样看，我们可以说，美是事物的最有价值的一面，美感的经验是人生中最有价值的一面。

许多轰轰烈烈的英雄和美人都过去了，许多轰轰烈烈的成功和失败也都过去了，只有艺术作品真正是不朽的。数千年前的《采采卷耳》[①]和《孔雀东南飞》的作者还能在我们心里点燃很强烈的火焰，虽然在当时他们不过是大皇帝脚下的不知名的小百姓。秦始皇并吞六国，统一车书；曹孟德带八十万人马下江东，舳舻千里，旌旗蔽空，这些惊心动魄的成败对于你有什么意义？对于我有什么意义？但是长城和《短歌行》对于我们还是很亲切的，还可以使我们心领神会这些骸骨不存的精神气魄。这几段墙在，这几句诗在，他们永远对于人是亲切的。由此类推，在几千年或是几万年以后看，现在纷纷扰扰的“帝国主义”、“反帝国主义”、“主席”、“代表”、“电影明星”之类对于人有什么意义？我们这个时代是否也有类似长城和《短歌行》的纪念坊留给后人，让他们觉得我们也还是很亲切的么？悠悠的过去只是一片漆黑的天空，我们所以还能认识出来这漆黑的天空者，全

① 《诗经》中原篇目的标题为《卷耳》。——编者注

赖思想家和艺术家所散布的几点星光。朋友，让我们珍重这几点星光！让我们也努力散布几点星光去照耀那和过去一般漆黑的未来！

子非鱼，安知鱼之乐？

——宇宙的人情化

庄子与惠子游于濠梁之上。

庄子曰：“儵鱼出游从容，是鱼乐也！”

惠子曰：“子非鱼，安知鱼之乐？”

庄子曰：“子非我，安知我不知鱼之乐？”

这是《庄子·秋水》篇里的一段故事，是你平时所欢喜玩味的。我现在藉这段故事来说明美感经验中的一个极有趣味的道理。

我们通常都有“以己度人”的脾气，因为有这个脾气，对于自己以外的人和物才能了解。严格地说，各个人都只能直接地了解他自己，都只能知道自己处某种境地，有某种知觉，生某种情感。至于知道旁人旁物处某种境地、有某种知觉、生某种情感时，则是凭自己的经验推测出来的。比如我知道自己在笑时心里欢喜，在哭时心里悲痛，看到旁人笑也就以为他心里欢喜，看见旁人哭也以为他心里悲痛。我知道旁人旁物的知觉和情感如何，都是拿自己的知觉和情感来比拟的。我只知道自己，我知道旁人旁物时是把旁人旁物看成自己，或是把自己推到旁人旁物的地位。庄子看到鯈鱼“出游从容”便觉得它乐，因为他自己对于“出游从容”的滋味是有经验的。人与人，人与物，都有共同之点，所以他们都有互相感通之点。假如庄子不是鱼就无从知鱼之乐，每个人就要各成孤立世界，和其他人物都隔着一层密不通风的墙壁，人与人以及人与物之中便无心灵交通的可能了。

这种“推己及物”、“设身处地”的心理活动不尽是有意的、出于理智的，所以它往往发生幻觉。鱼没有反省的意识，是否能够像人一样“乐”，这种问题大概在庄子时代的动物心理学也还没有解决，而庄子硬拿“乐”字来形容鱼的心境，其实不过把他自己的“乐”的心境外射到鱼的身上罢了，他的话未必有科学的谨严与精确。我们知觉外物，常把自己所得的感觉外射到物的本身上去，把它误认为物所固有的属性，于是本来在我的就变成在物的了。比如我们说“花是红的”时，是把红看作花所固有的属性，好像是以为纵使没有人去知觉它，它也还是在那里。其实花本身只有使人觉到红的可能性，至于红却是视觉的结果。红是长度为若干的光波射到眼球网膜上所生的印象。如果光波长一点或是短一点，眼球网膜的构造换一个样子，红的色觉便不会发生。患色盲的人根本就不能辨别红色，就是眼睛健全的人在薄暮光线暗淡时也不能把红色和绿色分得清楚，从此可知，严格地说，我们只能说“我觉得花是红的”。我们通常都把“我觉得”三字略去而直说“花是红的”，于是在我的感觉遂被误认为在物的属性了。日常对于外物的知觉都可作如是观。“天气冷”其实只是“我觉得天气冷”，鱼也许和我不一致；“石头太沉重”其实只是“我觉得它太沉重”，大力士或许还嫌它太轻。

云何尝能飞？泉何尝能跃？我们却常说云飞泉跃；山何尝能鸣？谷何尝能应？我们却常说山鸣谷应。在说云飞泉跃、山鸣谷应时，我们比说花红、石头重，又更进一层了。原来我们只把在我的感觉误认为在物的属性，现在我们却把无生气的东西看成有生气的东西，把它们看作我们的侪辈，觉得它们也有性格，也有情感，也能活动。这两种说话的方法虽不同，道理却是一样，都是根据自己的经验来了解外物。这种心理活动通常叫做“移情作用”。

“移情作用”是把自己的情感移到外物身上去，仿佛觉得外物也有同样的情感。这是一个极普遍的经验。自己在欢喜时，大地山河都在扬眉带笑；自己在悲伤时，风云花鸟都在叹气凝愁。惜别时蜡烛可以垂泪，兴到时青山亦觉点头。柳絮有时“轻狂”，晚峰有时“清苦”。陶渊明何以爱菊呢？因为他在傲霜残枝中见出孤臣的劲节；林和靖何以爱梅呢？因为他在暗香疏影中见出隐者的高标。

从这几个实例看，我们可以看出移情作用是和美感经验有密切关系的。移情作用不一定就是美感经验，而美感经验却常含有移情作用。美感经验中的移情作用不单是由我及物的，同时也是由物及我的；它不仅把我的性格和情感移注于物，同时也把物的姿态吸收于我。所谓美感经验，其实不过是在聚精会神之中，我的情趣和物的情趣往复回流而已。

姑先说欣赏自然美。比如我在观赏一棵古松，我的心境是什么样状态呢？我的注意力完全集中在古松本身的形象上，我的意识之中除了古松的意象之外，一无所有。在这个时候，我的实用的意志和科学的思考都完全失其作用，我没有心思去分别我是我而古松是古松。古松的形象引起清风亮节的类似联想，我心中便隐约觉到清风亮节所常伴着的情感。因为我忘记古松和我是两件事，我就于无意之中把这种清风亮节的气概移置到古松上面去，仿佛古松原来就有这种性格。同时我又不知不觉地受古松的这种性格影响，自己也振作起来，模仿它那一副苍老劲拔的姿态。所以古松俨然变成一个人，人也俨然变成一棵古松。真正的美感经验都是如此，都要达到物我同一的境界；在物我同一的境界中，移情作用最容易发生，因为我们根本就不分辨所生的情感到底是属于我还是属于物的。

再说欣赏艺术美，比如说听音乐。我们常觉得某种乐调快活，某种乐调悲伤。乐调自身本来只有高低、长短、急缓、宏纤的分别，而不能有快乐和悲伤的分别。换句话说，乐调只能有物理而不能有人情。我们何以觉得这本来只有物理的东西居然有人情呢？这也是由于移情作用。这里的移情作用是如何起来的呢？音乐的命脉在节奏。节奏就是长短、高低、急缓、宏纤相继承的关系。这些关系前后不同，听者所费的心力和所用的心的活动也不一致。因此听者心中自起一种节奏和音乐的节奏相平行。听一曲高而缓的调子，心力也随之作一种高而缓的活动；听一曲低而急的调子，心力也随之作一种低而急的活动。这种高而缓或是低而急的心力活动，常蔓延浸润到全部心境，使它变成和高而缓的活动或是低而急的活动相同调，于是听者心中遂感觉一种欢欣鼓舞或是抑郁凄恻的情调。这种情调本来属于听者，在聚精会神之中，他把这种情调外射出去，于是音乐也就有快乐和悲伤的分别了。

再比如说书法。书法在中国向来自成艺术，和图画有同等的身分，近来才有人怀疑它是否可以列于艺术，这般人大概是看到西方艺术史中向来不留位置给书法，所以觉得中国人看重书法有些离奇。其实书法可列于艺术，是无可置疑的。它可以表现性格和情趣。颜鲁公的字就像颜鲁公，赵孟頫的字就像赵孟頫。所以字也可以说是抒情的，不但是抒情的，而且是可以引起移情作用的。横直钩点等等笔划原来是墨涂的痕迹，它们不是高人雅士，原来没有什么“骨力”、“姿态”、“神韵”和“气魄”。但是在名家书法中我们常觉到“骨力”、“姿态”、

“神韵”和“气魄”。我们说柳公权的字“劲拔”，赵孟頫的字“秀媚”，这都是把墨涂的痕迹看作有生气有性格的东西，都是把字在心中所引起的意象移到字的本身上面去。

移情作用往往带有无意的模仿。我在看颜鲁公的字时，仿佛对着巍峨的高峰，不知不觉地耸肩聚眉，全身的筋肉都紧张起来，模仿它的严肃；我在看赵孟頫的字时，仿佛对着临风荡漾的柳条，不知不觉地展颐摆腰，全身的筋肉都松懈起来，模仿它的秀媚。从心理学看，这本来不是奇事。凡是观念都有实现于运动的倾向。念到跳舞时脚往往不自主地跳动，念到“山”字时口舌往往不由自主地说出“山”字。通常观念往往不能实现于动作者，由于同时有反对的观念阻止它。同时念到打球又念到泅水，则既不能打球，又不能泅水。如果心中只有一个观念，没有旁的观念和它对敌，则它常自动地现于运动。聚精会神看赛跑时，自己也往往不知不觉地弯起胳膊动起脚来，便是一个好例。在美感经验之中，注意力都是集中在一个意象上面，所以极容易起模仿的运动。

移情的现象可以称之为“宇宙的人情化”，因为有移情作用，然后本来只有物理的东西可具人情，本来无生气的东西可有生气。从理智观点看，移情作用是一种错觉，是一种迷信。但是如果把它勾销，不但艺术无由产生，即宗教也无由出现。艺术和宗教都是把宇宙加以生气化和人情化，把人和物的距离以及人和神的距离都缩小。它们都带有若干神秘主义的色彩。所谓神秘主义其实并没有什么神秘，不过是在寻常事物之中见出不寻常的意义。这仍然是移情作用。从一草一木之中见出生气和人情以至于极玄奥的泛神主义，深浅程度虽有不同，道理却是一样。

美感经验既是人的情趣和物的姿态的往复回流，我们可以从这个前提中抽出两个结论来：

一、物的形象是人的情趣的返照。物的意蕴深浅和人的性分密切相关。深人所见于物者亦深，浅人所见于物者亦浅。比如一朵含露的花，在这个人看来只是一朵平常的花，在那个人看或以为它含泪凝愁，在另一个人看或以为它能象征人生和宇宙的妙谛。一朵花如此，一切事物也是如此。因我把自己的意蕴和情趣移于物，物才能呈现我所见到的形象。我们可以说，各人的世界都由各人的自我伸张而成。欣赏中都含有几分创造性。

二、人不但移情于物，还要吸收物的姿态于自我，还要不知不觉地模仿物的形象。所以美感经验的直接目的虽不在陶冶性情，而却有陶冶性情的功效。心里印着美的意象，常受美的意象浸润，自然也可以少存些浊念。苏东坡诗说：“宁可食无肉，不可居无竹；无肉令人瘦，无竹令人俗。”竹不过是美的形象之一种，一切美的事物都有不令人俗的功效。

超以象外，得其环中

——创造与情感

诗人于想象之外又必有情感。

分想作用和联想作用只能解释某意象的发生如何可能，不能解释作者在许多可能的意象之中何以独抉择该意象。再就上文所引的王昌龄的《长信怨》来说，长信宫四围的事物甚多，他何以单择寒鸦？和寒鸦可发生联想的事物甚多，他何以单择昭阳日影？联想并不是偶然的，有几条路可走时而联想只走某一条路，这就由于情感的阴驱潜率。在长信宫四围的许多事物之中，只有带昭阳日影的寒鸦可以和弃妇的情怀相照映，只有它可以显出一种“怨”的情境。在艺术作品中人情和物理要融成一气，才能产生一个完整的境界。

这个道理可以再用一个实例来说明，比如王昌龄的《闺怨》：

闺中少妇不知愁，春日凝妆上翠楼。忽见陌头杨柳色，悔教夫婿觅封侯！

杨柳本来可以引起无数的联想，桓温因杨柳而想到“树犹如此，人何以堪”！萧道成因杨柳而想起“此柳风流可爱，似张绪当年”！韩君平因杨柳而想起“昔日青青今在否”的章台妓女。何以这首诗的主人独懊悔当初劝丈夫出去谋官呢？因为“夫婿”的意象对于“春日凝妆上翠楼”的闺中少妇是一种受情感饱和的意象，而杨柳的浓绿又最易惹起春意，所以经它一触动，“夫婿”的意象就立刻浮上她的心头了。情感是生生不息的，意象也是生生不息的。换一种情感就是换一种意象，换一种意象就是换一种境界。即景可以生情，因情也可以生景。所以诗是做不尽的。有人说，风花雪月等等都已经被前人说滥了，所有的诗都被前人做尽了，诗是没有未来的了。这般人不但不知诗为何物，也不知生命为何物。诗是生命的表现。生命像柏格森所说的，时时在变化中即时时在创造中。说诗已经做穷了，就不啻说生命已到了末日。

王昌龄既不是班婕妤，又不是“闺中少妇”，何以能感到她们的情感呢？这又要回到“子非鱼，安知鱼之乐”的老问题了。诗人和艺术家都有“设身处地”和“体物入微”的本领。他们在描写一个人时，就要钻进那个人的心孔，在霎时间就要变成那个人，亲自享受他的生命，领略他的情感。所以我们读他们的作品时，觉得它深中情理。在这种心灵感通中我们可以见出宇宙生命的联贯。诗人和艺术家的心就是一个小宇宙。

一般批评家常欢喜把文艺作品分为“主观的”和“客观的”两类，以为写自己经验的作品是主观的，写旁人的作品是客观的。这种分别其实非常肤浅。凡是主观的作品都必同时是客观的，凡是客观的作品亦必同时是主观的。比如说班婕妤的《怨歌行》：

新裂齐纨素，皎洁如霜雪。裁为合欢扇，团团似明月。出入君怀袖，动摇微风发。常恐秋节至，凉飙敓（夺）炎热，弃捐箧笥中，恩情中道绝。

她拿团扇自喻，可以说是主观的文学。但是班婕妤在做这首诗时就不能同时在怨的情感中过活，她须暂时跳开切身的情境，看看它像什么样子，才能发现它像团扇。这就是说，她在做《怨歌行》时须退处客观的地位，把自己的遭遇当作一幅画来看。在这一刹那中，她就已经由弃妇变而为歌咏弃妇的诗人了，就已经在实际人生和艺术之中辟出一种距离来了。

再比如说王昌龄的《长信怨》。他以一位唐朝的男子来写一位汉朝的女子，他的诗可以说是客观的文学。但是他在做这首诗时一定要设身处地地想象班婕妤谪居长信宫的情况如何。像班婕妤自己一样，他也是拿弃妇的遭遇当作一幅画来欣赏。在想象到聚精会神时，他达到我们在前面所说的物我同一的境界，霎时之间，他的心境就变成班婕妤的心境了，他已经由客观的观赏者变而为主观的享受者了。总之，主观的艺术家在创造时也要能“超以象外”，客观的艺术家在创造时也要能“得其环中”，像司空图所说的。

文艺作品都必具有完整性。它是旧经验的新综合，它的精采就全在这综合上面见出。在未综合之前，意象是散漫零乱的；在既综合之后，意象是谐和整一的。这种综合的原动力就是情感。凡是文艺作品都不能拆开来看，说某一笔平凡，某一句警辟，因为完整的全体中各部分都是相依为命的。人的美往往在眼睛上现出，但是也要全体健旺，眼中精神才饱满，不能把眼睛单拆开来，说这是造化的“警句”。严沧浪说过：“汉魏古诗，气象混沌，难以句摘；晋以还始有佳句。”这话本是见道语而实际上又不尽然。晋以还始有佳句，但是晋以还的好诗像任何时代的好诗一样，仍然“难以句摘”。比如《长信怨》的头两句：“奉帚平明金殿开，暂将团扇共徘徊”，拆开来单看，本很平凡。但是如果没有这两句所描写的荣华冷落的情境，便显不出后两句的精采。功夫虽从点睛见出，却从画龙做起。凡是欣赏或创造文艺作品，都要先注意到总印象，不可离开总印象而细论枝节。比如古诗《采莲曲》：

江南可采莲，莲叶何田田！鱼戏莲叶间，鱼戏莲叶东，鱼戏莲叶南，鱼戏莲叶西，鱼戏莲叶北。

单看起来，每句都无特色，合看起来，全篇却是一幅极幽美的意境。这不仅是汉魏古诗是如此，晋以后的作品如陈子昂的《登幽州台》[1]：

前不见古人，后不见来者。念天地之悠悠，独怆然而涕下。

也是要在总印象上玩味，决不能字斟句酌。晋以后的诗和晋以后的词大半都是细节胜于总印象，聪明气和斧凿痕迹都露在外面，这的确是艺术的衰落现象。

情感是综合的要素，许多本来不相关的意象如果在情感上能调协，便可形成完整的有机体，比如李太白的《长相思》收尾两句说：

相思黄叶落，白露点青苔。

钱起的《湘灵鼓瑟》收尾两句说：

曲终人不见，江上数峰青。

① 原标题为《登幽州台歌》。——编者注

温飞卿的《菩萨蛮》前阕说：

水晶帘里颇黎枕，暖香惹梦鸳鸯锦。江上柳如烟，雁飞残月天。

秦少游的《踏莎行》前阕说：

雾失楼台，月迷津渡，桃源望断无寻处。可堪孤馆闭春寒，杜鹃声里斜阳暮。

这里加圈的字句所传出的意象都是物景，而这些诗词全体原来都是着重人事。我们仔细玩味这些诗词时，并不觉得人事之中猛然插人物景为不伦不类，反而觉得它们天生成地联络在一起，互相烘托，益见其美。这就由于它们在情感上是谐和的。单拿“曲终人不见，江上数峰青”两句诗来说，曲终人杳虽然与江上峰青绝不相干，但是这两个意象都可以传出一种凄清冷静的情感，所以它们可以调和。如果只说“曲终人不见”而无“江上数峰青”，或是只说“江上数峰青”而无“曲终人不见”，意味便索然了。从这个例子看，我们可以见出创造如何是平常的意象的不平常的综合，诗如何要论总印象，以及情感如何使意象整一种种道理了。

因为有情感的综合，原来似散漫的意象可以变成不散漫，原来似重复的意象也可以变成不重复。《诗经》里面的诗大半每篇都有数章，而数章所说的话往往无大差别。例如《王风·黍离》：

彼黍离离，彼稷之苗。行迈靡靡，中心摇摇。知我者谓我心忧，不知我者谓我何求！悠悠苍天，此何人哉？

彼黍离离，彼稷之穗。行迈靡靡，中心如醉。知我者谓我心忧，不知我者谓我何求！悠悠苍天，此何人哉？

彼黍离离，彼稷之实。行迈靡靡，中心如噎。知我者谓我心忧，不知我者谓我何求！悠悠苍天，此何人哉？

这三章诗每章都只更换两三个字，只有“苗”、“穗”、

"实"三字指示时间的变迁，其余"醉"、"噎"两字只是为压韵而更换的；在意义上并不十分必要。三章诗合在一块不过是说："我一年四季心里都在忧愁。"诗人何必把它说一遍又说一遍呢？因为情感原是往复低徊、缠绵不尽的。这三章诗在意义上确似重复而在情感上则不重复。

总之，艺术的任务是在创造意象，但是这种意象必定是受情感饱和的。情感或出于己，或出于人，诗人对于出于己者须跳出来视察，对于出于人者须钻进去体验。情感最易感通，所以"诗可以群"。

读书破万卷，下笔如有神

——天才与灵感

知道格律和模仿对于创造的关系，我们就可以知道天才和人力的关系了。

生来死去的人何只恒河沙数？真正的大诗人和大艺术家是在一口气里就可以数得完的。何以同是人，有的能创造，有的不能创造呢？在一般人看，这全是由于天才的厚薄。他们以为艺术全是天才的表现，于是天才成为懒人的借口。聪明人说，我有天才，有天才何事不可为？用不着去下工夫。迟钝人说，我没有艺术的天才，就是下工夫也无益。于是艺术方面就无学问可谈了。

“天才”究竟是怎么一回事呢？

它自然有一部分得诸遗传。有许多学者常欢喜替大创造家和大发明家理家谱，说莫扎特有几代祖宗会音乐，达尔文的祖父也是生物学家，曹操一家出了几个诗人。这种证据固然有相当的价值，但是它决不能完全解释天才。同父母的兄弟贤愚往往相差很远。曹操的祖宗有什么大成就呢？曹操的后裔又有什么大成就呢？

天才自然也有一部分成于环境。假令莫扎特生在音阶简单、乐器拙陋的蒙昧民族中，也决不能作出许多复音的交响曲。“社会的遗产”是不可蔑视的。文艺批评家常欢喜说，伟大的人物都是他们的时代的骄子，艺术是时代和环境的产品。这话也有不尽然。同是一个时代而成就却往往不同。英国在产生莎士比亚的时代和西班牙是一般隆盛，而当时西班牙并没有产生伟大的作者。伟大的时代不一定能产生伟大的艺术。美国的独立、法国的大革命在近代都是极重大的事件，而当时艺术却卑卑不足高论。伟大的艺术也不必有伟大的时代做背景，席勒和歌德的时代，德国还是一个没有统一的纷乱的国家。

我承认遗传和环境的影响非常重大，但是我相信它们都不能完全解释天才。在固定的遗传和环境之下，个人还有努力的余地。遗传和环境对于人只是一个机会，一种本钱，至于能否利用这个机会，能否拿这笔本钱去做出生意来，则所谓“神而明之，存乎其人”。有些人天资颇高而成就则平凡，他们好比有大本钱而没有做出大生意；也有些人天资并不特异而成就则斐然可观，他们好比拿小本钱而做出大生意。这中间的差别就在努力与不努力了。牛顿可以说是科学家中一个天才了，他常常说：“天才只是长久的耐苦。”这话虽似稍嫌过火，却含有很深的真理。只有死功夫固然不尽能发明或创造，但是能发明创造者却大半是下过死功夫来的。哲学中的康德、科学中的牛顿、雕刻图画中的米开朗琪罗、音乐中的贝多芬、书法中的王羲之、诗中的杜工部，这些实例已经够证明人力的重要，又何必多举呢？

最容易显出天才的地方是灵感。我们只须就灵感研究一番，就可以见出天才的完成不可无人力了。

杜工部尝自道经验说：“读书破万卷，下笔如有神。”所谓“灵感”就是杜工部所说的“神”，“读书破万卷”是功夫，“下笔如有神”是灵感。据杜工部的经验看，灵感是从功夫出来的。如果我们借心理学的帮助来分析灵感，也可以得到同样的结论。

灵感有三个特征：

一、它是突如其来的，出于作者自己意料之外的。根据灵感的作品大半来得极快。从表面看，我们寻不出预备的痕迹。作者丝毫不费心血，意象涌上心头时，他只要信笔疾书。有时作品已经创造成功了，他自己才知道无意中又成了一件作品。歌德著《少年维特之烦恼》的经过，便是如此。据他自己说，他有一天听到一位少年失恋自杀的消息，突然间仿佛见到一道光在眼前闪过，立刻就想出全书的框架。他费两个星期的工夫一口气把它写成。在复看原稿时，他自己很惊讶，没有费力就写成一本书，告诉人说："这部小册子好像是一个患睡行症者在梦中作成的。"

二、它是不由自主的，有时苦心搜索而不能得的偶然在无意之中涌上心头。希望它来时它偏不来，不希望它来时它却蓦然出现。法国音乐家柏辽兹有一次替一首诗作乐谱，全诗都谱成了，只有收尾一句（"可怜的兵士，我终于要再见法兰西！"）无法可谱。他再三思索，不能想出一段乐调来传达这句诗的情思，终于把它搁起。两年之后，他到罗马去玩，失足落水，爬起来时口里所唱的乐调，恰是两年前所再三思索而不能得的。

三、它也是突如其去的，练习作诗文的人大半都知道"败兴"的味道。"兴"也就是灵感。诗文和一切艺术一样都宜于乘兴会来时下手。兴会一来，思致自然滔滔不绝。没有兴会时写一句极平常的话倒比写什么还难。兴会来时最忌外扰。本来文思正在源源而来，外面狗叫一声，或是墨水猛然打倒了，便会把思路打断。断了之后就想尽方法也接不上来。谢无逸问潘大临近来作诗没有，潘大临回答说：“秋来日日是诗思。昨日捉笔得‘满城风雨近重阳’之句，忽催租人至，令人意败。辄以此一句奉寄。”这是“败兴”的最好的例子。

灵感既然是突如其来，突然而去，不由自主，那不就无法可以用人力来解释么？从前人大半以为灵感非人力，以为它是神灵的感动和启示。在灵感之中，仿佛有神灵凭附作者的躯体，暗中驱遣他的手腕，他只是坐享其成。但是从近代心理学发现潜意识活动之后，这种神秘的解释就不能成立了。

什么叫做“潜意识”呢？我们的心理活动不尽是自己所能觉到的。自己的意识所不能察觉到的心理活动就属于潜意识。意识既不能察觉到，我们何以知道它存在呢？变态心理中有许多事实可以为凭。比如说催眠，受催眠者可以谈话、做事、写文章、做数学题，但是醒过来后对于催眠状态中所说的话和所做的事往往完全不知道。此外还有许多精神病人现出“两重人格”。例如一个人乘火车在半途跌下，把原来的经验完全忘记，换过姓名在附近镇市上做了几个月的买卖。有一天他忽然醒过来，发现身边事物都是不认识的，才自疑何以走到这么一个地方。旁人告诉他说他在那里开过几个月的店，他绝对不肯相信。心理学家根据许多类似事实，断定人于意识之外又有潜意识，在潜意识中也可以运用意志、思想，受催眠者和精神病人便是如此。在通常健全心理中，意识压倒潜意识，只让它在暗中活动。在变态心理中，意识和潜意识交替来去。它们完全分裂开来，意识活动时潜意识便沉下去，潜意识涌现时，便把意识淹没。

灵感就是在潜意识中酝酿成的情思猛然涌现于意识。它好比伏兵，在未开火之前，只是鸦雀无声地准备，号令一发，它乘其不备地发动总攻击，一鼓而下敌。在没有侦探清楚的敌人（意识）看，它好比周亚夫将兵从天而至一样。这个道理我们可以拿一件浅近的事实来说明。我们在初练习写字时，天天觉得自己在进步，过几个月之后，进步就猛然停顿起来，觉得字越写越坏。但是再过些时候，自己又猛然觉得进步。进步之后又停顿，停顿之后又进步，如此辗转几次，字才写得好。学别的技艺也是如此。据心理学家的实验，在进步停顿时，你如果索性不练习，把它丢开去做旁的事，过些时候再起手来写，字仍然比停顿以前较进步。这是什么道理呢？就因为在意识中思索的东西应该让它在潜意识中酝酿一些时候才会成熟。功夫没有错用的，你自己以为劳而不获，但是你在潜意识中实在仍然于无形中收效果。所以心理学家有“夏天学溜冰，冬天学泅水”的说法。溜冰本来是在前一个冬天练习的，今年夏天你虽然是在做旁的事，没有想到溜冰，但是溜冰的筋肉技巧却恰在这个不溜冰的时节暗里培养成功。一切脑的工作也是如此。

灵感是潜意识中的工作在意识中的收获。它虽是突如其来，却不是毫无准备。法国大数学家潘嘉赉常说他的关于数学的发明大半是在街头闲逛时无意中得来的。但是我们从来没有听过有一个人向来没有在数学上用功夫，猛然在街头闲逛时发明数学上的重要原则。在罗马落水的如果不是素习音乐的柏辽兹，跳出水时也决不会随口唱出一曲乐调。他的乐调是费过两年的潜意识酝酿的。

从此我们可以知道“读书破万卷，下笔如有神”两句诗是至理名言了。不过灵感的培养正不必限于读书。人只要留心，处处都是学问。艺术家往往在他的艺术范围之外下功夫，在别种艺术之中玩索得一种意象，让它沉在潜意识里去酝酿一番，然后再用他的本行艺术的媒介把它翻译出来。吴道子生平得意的作品为洛阳天宫寺的神鬼，他在下笔之前，先请裴旻舞剑一回给他看，在剑法中得着笔意。张旭是唐朝的草书大家，他尝自道经验说："始吾见公主担夫争路，而得笔法之意；后见公孙氏舞剑器，而得其神。"王羲之的书法相传是从看鹅掌拨水得来的。法国大雕刻家罗丹也说道："你问我在什么地方学来的雕刻？在深林里看树，在路上看云，在雕刻室里研究模型学来的。我在到处学，只是不在学校里。"

从这些实例看，我们可知各门艺术的意象都可触类旁通。书画家可以从剑的飞舞或鹅掌的拨动之中得到一种特殊的筋肉感觉来助笔力，可以得到一种特殊的胸襟来增进书画的神韵和气势。推广一点说，凡是艺术家都不宜只在本行小范围之内用功夫，须处处留心玩索，才有深厚的修养。鱼跃鸢飞，风起水涌，以至于一尘之微，当其接触感官时我们虽常不自觉其在心灵中可生若何影响，但是到挥毫运斤时，他们都会涌到手腕上来，在无形中驱遣它，左右它。在作品的外表上我们虽不必看出这些意象的痕迹，但是一笔一划之中都潜寓它们的神韵和气魄。这样意象的蕴蓄便是灵感的培养。它们在潜意识中好比桑叶到蚕腹，经过一番咀嚼组织而成丝，丝虽然已不是桑叶而却是从桑叶变来的。

慢慢走，欣赏啊！

——人生的艺术化

一直到现在，我们都是讨论艺术的创造与欣赏。在收尾这一节中，我提议约略说明艺术和人生的关系。

我在开章明义时就着重美感态度和实用态度的分别，以及艺术和实际人生之中所应有的距离，如果话说到这里为止，你也许误解我把艺术和人生看成漠不相关的两件事。我的意思并不如此。

人生是多方面而却互相和谐的整体，把它分析开来看，我们说某部分是实用的活动，某部分是科学的活动，某部分是美感的活动，为正名析理起见，原应有此分别；但是我们不要忘记，完满的人生见于这三种活动的平均发展，它们虽是可分别的而却不是互相冲突的。“实际人生”比整个人生的意义较为窄狭。一般人的错误在把它们认为相等，以为艺术对于“实际人生”既是隔着一层，它在整个人生中也就没有什么价值。有些人为维护艺术的地位，又想把它硬纳到“实际人生”的小范围里去。这般人不但是误解艺术，而且也没有认识人生。我们把实际生活看作整个人生之中的一片段，所以在肯定艺术与实际人生的距离时，并非肯定艺术与整个人生的隔阂。严格地说，离开人生便无所谓艺术，因为艺术是情趣的表现，而情趣的根源就在人生；反之，离开艺术也便无所谓人生，因为凡是创造和欣赏都是艺术的活动，无创造、无欣赏的人生是一个自相矛盾的名词。

人生本来就是一种较广义的艺术。每个人的生命史就是他自己的作品。这种作品可以是艺术的，也可以不是艺术的，正犹如同是一种顽石，这个人能把它雕成一座伟大的雕像，而另一个人却不能使它“成器”，分别全在性分与修养。知道生活的人就是艺术家，他的生活就是艺术作品。

过一世生活好比做一篇文章。完美的生活都有上品文章所应有的美点。

第一，一篇好文章一定是一个完整的有机体，其中全体与部分都息息相关，不能稍有移动或增减。一字一句之中都可以见出全篇精神的贯注。比如陶渊明的《饮酒》诗本来是“采菊东篱下，悠然见南山”，后人把“见”字误印为“望”字，原文的自然与物相遇相得的神情便完全丧失。这种艺术的完整性在生活中叫做“人格”。凡是完美的生活都是人格的表现。大而进退取与，小而声音笑貌，都没有一件和全人格相冲突。不肯为五斗米折腰向乡里小儿，是陶渊明的生命史中所应有的一段文章，如果他错过这一个小节，便失其为陶渊明。下狱不肯脱逃，临刑时还叮咛嘱咐还邻人一只鸡的债，是苏格拉底的生命史中所应有的一段文章，否则他便失其为苏格拉底。这种生命史才可以使人把它当作一幅图画去惊赞，它就是一种艺术的杰作。

其次，“修辞立其诚”是文章的要诀，一首诗或是一篇美文一定是至性深情的流露，存于中然后形于外，不容有丝毫假借。情趣本来是物我交感共鸣的结果。景物变动不居，情趣亦自生生不息。我有我的个性，物也有物的个性，这种个性又随时地变迁而生长发展。每人在某一时会所见到的景物，和每种景物在某一时会所引起的情趣，都有它的特殊性，断不容与另一人在另一时会所见到的景物，和另一景物在另一时会所引起的情趣完全相同。毫厘之差，微妙所在。在这种生生不息的情趣中，我们可以见出生命的造化。把这种生命流露于语言文字，就是好文章；把它流露于言行风采，就是美满的生命史。

文章忌俗滥，生活也忌俗滥。俗滥就是自己没有本色而蹈袭别人的成规旧矩。西施患心病，常捧心颦眉，这是自然的流露，所以愈增其美。东施没有心病，强学捧心颦眉的姿态，只能引人嫌恶。在西施是创作，在东施便是滥调。滥调起于生命的干枯，也就是虚伪的表现。“虚伪的表现”就是“丑”，克罗齐已经说过。“风行水上，自然成纹”，文章的妙处如此，生活的妙处也是如此。在什么地位，是怎样的人，感到怎样情趣，便现出怎样言行风采，叫人一见就觉其谐和完整，这才是艺术的生活。

俗语说得好：“惟大英雄能本色”，所谓艺术的生活就是本色的生活。世间有两种人的生活最不艺术，一种是俗人，一种是伪君子。“俗人”根本就缺乏本色，“伪君子”则竭力遮盖本色。朱晦庵有一首诗说：

半亩方塘一鉴开，天光云影共徘徊。问渠那得清如许？为有源头活水来。

艺术的生活就是有“源头活水”的生活。俗人迷于名利，与世浮沉，心里没有“天光云影”，就因为没有源头活水。他们的大病是生命的干枯。“伪君子”则于这种“俗人”的资格之上，又加上“沐猴而冠”的伎俩。他们的特点不仅见于道德上的虚伪，一言一笑、一举一动，都叫人起不美之感。谁知道风流名士的架子之中掩藏了几多行尸走肉？无论是“俗人”或是“伪君子”，他们都是生活中的“苟且者”，都缺乏艺术家在创造时所应有的良心。像柏格森所说的，他们都是“生命的机械化”，只能作喜剧中的角色。生活落到喜剧里去的人大半都是不艺术的。

艺术的创造之中都必寓有欣赏，生活也是如此。一般人对于一种言行常欢喜说它“好看”、“不好看”，这已有几分是拿艺术欣赏的标准去估量它。但是一般人大半不能彻底，不能拿一言一笑、一举一动纳在全部生命史里去看，他们的“人格”观念太淡薄，所谓“好看”、“不好看”往往只是“敷衍面子”。善于生活者则彻底认真，不让一尘一芥妨碍整个生命的和谐。一般人常以为艺术家是一班最随便的人，其实在艺术范围之内，艺术家是最严肃不过的。在锻炼作品时常呕心呕肝，一笔一划也不肯苟且。王荆公作“春风又绿江南岸”一句诗时，原来“绿”字是“到”字，后来由“到”字改为“过”字，由“过”字改为“入”字，由“入”字改为“满”字，改了十几次之后才定为“绿”字。即此一端可以想见艺术家的严肃了。善于生活者对于生活也是这样认真。曾子临死时记得床上的席子是季路[①]的，一定叫门人把它换过才瞑目。吴季札心里已经暗许赠剑给徐君，没有实行徐君就已死去，他很郑重地把剑挂在徐君墓旁树上，以见“中心契合死生不渝”的风谊。像这一类的言行看来虽似小节，而善于生活者却不肯轻易放过，正犹如诗人不肯轻易放过一字一句一样。小节如此，大节更不消说。董狐宁愿断头不肯掩盖史实，夷、齐饿死不愿降周，这种风度是道德的也是艺术的。我们主张人生的艺术化，就是主张对于人生的严肃主义。

艺术家估定事物的价值，全以它能否纳入和谐的整体为标准，往往出于一般人意料之外。他能看重一般人所看轻的，也能看轻一般人所看重的。在看重一件事物时，他知道执着；在看轻一件事物时，他也知道摆脱。艺术的能事不仅

① 原文有误，应为“季孙氏”。——编者注

见于知所取，尤其见于知所舍。苏东坡论文，谓如水行山谷中，行于其所不得不行，止于其所不得不止。这就是取舍恰到好处，艺术化的人生也是如此。善于生活者对于世间一切，也拿艺术的口胃去评判它，合于艺术口胃者毫毛可以变成泰山，不合于艺术口胃者泰山也可以变成毫毛。他不但能认真，而且能摆脱。在认真时见出他的严肃，在摆脱时见出他的豁达。孟敏堕甑，不顾而去，郭林宗见到以为奇怪。他说："甑已碎，顾之何益？"哲学家斯宾诺莎宁愿靠磨镜过活，不愿当大学教授，怕妨碍他的自由。王徽之居山阴，有一天夜雪初霁，月色清朗，忽然想起他的朋友戴逵，便乘小舟到剡溪去访他，刚到门口便把船划回去。他说："乘兴而来，兴尽而返。"这几件事彼此相差很远，却都可以见出艺术家的豁达。伟大的人生和伟大的艺术都要同时并有严肃与豁达之胜。晋代清流大半只知道豁达而不知道严肃，宋朝理学又大半只知道严肃而不知道豁达。陶渊明和杜子美庶几算得恰到好处。

一篇生命史就是一种作品，从伦理的观点看，它有善恶的分别，从艺术的观点看，它有美丑的分别。善恶与美丑的关系究竟如何呢？

就狭义说，伦理的价值是实用的，美感的价值是超实用的；伦理的活动都是有所为而为，美感的活动则是无所为而为。比如仁义忠信等等都是善，问它们何以为善，我们不能不着眼到人群的幸福。美之所以为美，则全在美的形象本身，不在它对于人群的效用（这并不是说它对于人群没有效用）。假如世界上只有一个人，他就不能有道德的活动，因为有父子才有慈孝可言，有朋友才有信义可言。但是这个想象的孤零零的人还可以有艺术的活动，他还可以欣赏他所居的世界，他还可以创造作品。善有所赖而美无所赖，善的价值是“外在的”，美的价值是“内在的”。

不过这种分别究竟是狭义的。就广义说，善就是一种美，恶就是一种丑。因为伦理的活动也可以引起美感上的欣赏与嫌恶。希腊大哲学家柏拉图和亚理斯多德讨论伦理问题时都以为善有等级，一般的善虽只有外在的价值，而“至高的善”则有内在的价值。这所谓“至高的善”究竟是什么呢？柏拉图和亚理斯多德本来是一走理想主义的极端，一走经验主义的极端，但是对于这个问题，意见却一致。他们都以为“至高的善”在“无所为而为的玩索”（disinterested contemplation）。这种见解在西方哲学思潮上影响极大，斯宾诺莎、黑格尔、叔本华的学说都可以参证。从此可知西方哲人心目中的“至高的善”还是一种美，最高的伦理的活动还是一种艺术的活动了。

“无所为而为的玩索”何以看成“至高的善”呢？这个问题涉及西方哲人对于神的观念。从耶稣教盛行之后，神才是一个大慈大悲的道德家。在希腊哲人以及近代莱布尼兹、尼采、叔本华诸人的心目中，神却是一个大艺术家，他创造这个宇宙出来，全是为着自己要创造，要欣赏。其实这种见解也并不减低神的身份。耶稣教的神只是一班穷叫化子中的一个肯施舍的财主佬，而一般哲人心中的神，则是以宇宙为乐曲而要在这种乐曲之中见出和谐的音乐家。这两种观念究竟是哪一个伟大呢？在西方哲人想，神只是一片精灵，他的活动绝对自由而不受限制，至于人则为肉体的需要所限制而不能绝对自由。人愈能脱肉体需求的限制而作自由活动，则离神亦愈近。“无所为而为的玩索”是唯一的自由活动，所以成为最上的理想。

这番话似乎有些玄渺，在这里本来不应说及。不过无论你相信不相信，有许多思想却值得当作一个意象悬在心眼前来玩味玩味。我自己在闲暇时也欢喜看看哲学书籍。老实说，我对于许多哲学家的话都很怀疑，但是我觉得他们有趣。我以为穷到究竟，一切哲学系统也都只能当作艺术作品去看。哲学和科学穷到极境，都是要满足求知的欲望。每个哲学家和科学家对于他自己所见到的一点真理（无论它究竟是不是真理）都觉得有趣味，都用一股热忱去欣赏它。真理在离开实用而成为情趣中心时就已经是美感的对象了。“地球绕日运行”、“勾方加股方等于弦方”一类的科学事实，和《密罗斯爱神》或《第九交响曲》一样可以摄魂震魄。科学家去寻求这一类的事实，穷到究竟，也正因为它们可以摄魂震魄。所以科学的活动也还是一种艺术的活动，不但善与美是一体，真与美也并没有隔阂。

艺术是情趣的活动，艺术的生活也就是情趣丰富的生活。人可以分为两种，一种是情趣丰富的，对于许多事物都觉得有趣味，而且到处寻求享受这种趣味。一种是情趣干枯的，对于许多事物都觉得没有趣味，也不去寻求趣味，只终日拼命和蝇蛆在一块争温饱。后者是俗人，前者就是艺术家。情趣愈丰富，生活也愈美满，所谓人生的艺术化就是人生的情趣化。

“觉得有趣味”就是欣赏。你是否知道生活，就看你对于许多事物能否欣赏。欣赏也就是“无所为而为的玩索”。在欣赏时人和神仙一样自由，一样有福。

阿尔卑斯山谷中有一条大汽车路，两旁景物极美，路上插着一个标语牌劝告游人说："慢慢走，欣赏啊！"许多人在这车如流水马如龙的世界过活，恰如在阿尔卑斯山谷中乘汽车兜风，匆匆忙忙地急驰而过，无暇一回首流连风景，于是这丰富华丽的世界便成为一个了无生趣的囚牢。这是一件多么可惋惜的事啊！

朋友，在告别之前，我采用阿尔卑斯山路上的标语，在中国人告别习用语之下加上三个字奉赠：

"慢慢走，欣赏啊！"

光潜

1932年夏，莱茵河畔

世界因缺陷而美

chapter 3

谈动

朋友：

从屡次来信看，你的心境近来似乎很不宁静。烦恼究竟是一种暮气，是一种病态，你还是一个十八九岁的青年，就这样颓唐沮丧，我实在替你担忧。

一般人欢喜谈玄，你说烦恼，他便从“哲学辞典”里拖出“厌世主义”、“悲观哲学”等等堂哉皇哉的字样来叙你的病由。我不知道你感觉如何？我自己从前仿佛也尝过烦恼的况味，我只觉得忧来无方，不但人莫之知，连我自己也莫名其妙，哪里有所谓哲学与人生观！我也些微领过哲学家的教训：在心气和平时，我景仰希腊廊下派[1]哲学者，相信人生当

① 即斯多葛派。——编者注

皈依自然，不当存有嗔喜贪恋；我景仰托尔斯泰，相信人生之美在宥与爱；我景仰白朗宁，相信世间有丑才能有美，不完全乃真完全；然而外感偶来，心波立涌，拿天大的哲学，也抵挡不住。这固然是由于缺乏修养，但是青年们有几个修养到“不动心”的地步呢？从前长辈们往往拿“应该不应该”的大道理向我说法。他们说，像我这样一个青年应该活泼泼的，不应该暮气沉沉的，应该努力做学问，不应该把自己的忧乐放在心头。谢谢罢，请留着这副“应该”的方剂，将来患烦恼的人还多呢！

朋友，我们都不过是自然的奴隶，要征服自然，只得服从自然。违反自然，烦恼才乘虚而入，要排解烦闷，也须得使你的自然冲动有机会发泄。人生来好动，好发展，好创造。能动，能发展，能创造，便是顺从自然，便能享受快乐；不动，不发展，不创造，便是摧残生机，便不免感觉烦恼。这种事实在流行语中就可以见出，我们感觉快乐时说“舒畅”，不感觉快乐时说“抑郁”。这两个字样可以用作形容词，也可以用作动词。用作形容词时，它们描写快或不快的状态；用作动词时，我们可以说它们说明快或不快的原因。你感觉烦恼，因为你的生机被抑郁；你要想快乐，须得使你的生机能舒畅，能宣泄。流行语中又有“闲愁”的字样，闲人大半易于发愁，就因为闲时生机静止而不舒畅。青年人比老年人易于发愁些，因为青年人的生机比较强旺。小孩子们的生机也很强旺，然而不知道愁苦，因为他们时时刻刻的游戏，所以他们的生机不至于被抑郁。小孩子们偶尔不很乐意，便放声大哭，哭过了气就消去。成人们感觉烦恼时也还要拘礼节，哪能由你放声大哭呢？吃黄连苦在心头，所以愈觉其苦。歌德少时因失恋而想自杀，幸而他的文机动了，埋头两礼拜著成一部《维特之烦恼》，书成了，他的气也泄了，自杀的念头也打消了。你发愁时并不一定要著书，你就读几篇哀歌，听一幕悲剧，借酒浇愁，也可以大畅胸怀。从前我很疑惑何以剧情愈悲而读之愈觉其快意，近来才悟得这个泄与郁的道理。

总之，愁生于郁，解愁的方法在泄；郁由于静止，求泄的方法在动。从前儒家讲心性的话，从近代心理学眼光看，都很粗疏，只有孟子的“尽性”一个主张，含义非常深广。一切道德学说都不免肤浅，如果不从“尽性”的基点出发。如果把“尽性”两字懂得透澈，我以为生活目的在此，生活方法也就在此。人性固然是复杂的，可是人是动物，基本性不外乎动。从动的中间我们可以寻出无限快慰。这个道理我可以拿两件小事来印证：从前我住在家里，自己的书房总欢喜自己打扫。每看到书籍零乱，灰尘满地，你亲自去洒扫一过，霎时间混浊的世界变成明窗净几，此时悠然就坐，游目骋怀，乃觉有不可言喻的快慰，再比方你自己是欢喜打网球的，当你起劲打球时，你还记得天地间有所谓烦恼么？

你大约记得晋人陶士行的故事。他老来罢官闲居，找不得事做，便去搬砖。晨间把一百块砖由斋里搬到斋外，暮间把一百块砖由斋外搬到斋里。人问其故，他说："吾方致力中原，过尔优逸，恐不堪事。"他又尝对人说："大禹圣人，乃惜寸阴，至于众人，当惜分阴。"其实惜阴何必定要搬砖，不过他老先生还很茁壮，借这个玩艺儿多活动活动，免得抑郁无聊罢了。

朋友，闲愁最苦！愁来愁去，人生还是那么样一个人生，世界也还是那么样一个世界。假如把自己看得伟大，你对于烦恼，当有"不屑"的看待；假如把自己看得渺小，你对于烦恼当有"不值得"的看待；我劝你多打网球，多弹钢琴，多栽花，多搬砖弄瓦。假如你不欢喜这些玩艺儿，你就谈谈

笑笑，跑跑跳跳，也是好的。就在此祝你

谈谈笑笑，

跑跑跳跳！

你的朋友　孟实

谈静

朋友：

前信谈动，只说出一面真理。人生乐趣一半得之于活动，也还有一半得之于感受。所谓“感受”是被动的，是容许自然界事物感动我的感官和心灵。这两个字涵义极广。眼见颜色，耳闻声音，是感受；见颜色而知其美，闻声音而知其和，也是感受。同一美颜，同一和声，而各个人所见到的美与和的程度又随天资境遇而不同。比方路边有一棵苍松，你看见它只觉得可以砍来造船；我见到它可以让人纳凉；旁人也许说它很宜于入画，或者说它是高风亮节的象征。再比方街上有一个乞丐，我只能见到他的蓬头垢面，觉得他很讨厌；你见他便发慈悲心，给他一个铜子；旁人见到他也许立刻发下宏愿，要打翻社会制度。这几个人反应不同，都由于感受力有强有弱。

世间天才之所以为天才，固然由于具有伟大的创造力，而他的感受力也分外比一般人强烈。比方诗人和美术家，你见不到的东西他能见到，你闻不到的东西他能闻到。麻木不仁的人就不然，你就请伯牙向他弹琴，他也只联想到棉匠弹棉花。感受也可以说是“领略”，不过领略只是感受的一方面。世界上最快活的人不仅是最活动的人，也是最能领略的人。所谓领略，就是能在生活中寻出趣味。好比喝茶，渴汉只管满口吞咽，会喝茶的人却一口一口的细啜，能领略其中风味。

能处处领略到趣味的人决不至于岑寂，也决不至于烦闷。朱子有一首诗说：“半亩方塘一鉴开，天光云影共徘徊。问渠那得清如许？为有源头活水来。”这是一种绝美的境界。你姑且闭目一思索，把这幅图画印在脑里，然后假想这半亩方塘便是你自己的心，你看这首诗比拟人生苦乐多么惬当！一般人的生活干燥，只是因为他们的“半亩方塘”中没有天光云影，没有源头活水来，这源头活水便是领略得的趣味。

领略趣味的能力固然一半由于天资，一半也由于修养。大约静中比较容易见出趣味。物理上有一条定律说：两物不能同时并存于同一空间。这个定律在心理方面也可以说得通。一般人不能感受趣味，大半因为心地太忙，不空所以不灵。我所谓“静”，便是指心界的空灵，不是指物界的沉寂，物界永远不沉寂的。你的心境愈空灵，你愈不觉得物界沉寂，或者我还可以进一步说，你的心界愈空灵，你也愈不觉得物界喧嘈。所以习静并不必定要逃空谷，也不必定学佛家静坐参禅。静与闲也不同。许多闲人不必都能领略静中趣味，而能领略静中趣味的人，也不必定要闲。在百忙中，在廛市喧嚷中，你偶然间丢开一切，悠然遐想，你心中便蓦然似有一道灵光闪烁，无穷妙悟便源源而来。这就是忙中静趣。

我这番话都是替两句人人知道的诗下注脚。这两句诗就是“万物静观皆自得，四时佳兴与人同”。大约诗人的领略力比一般人都要大。近来看周启孟的《雨天的书》引日本人小林一茶的一首俳句：

不要打哪，苍蝇搓他的手，搓他的脚呢。

觉得这种情境真是幽美。你懂得这一句诗就懂得我所谓静趣。中国诗人到这种境界的也很多。现在姑且就一时所想到的写几句给你看：

鱼戏莲叶东，鱼戏莲叶西，鱼戏莲叶南，鱼戏莲叶北。

——古诗，作者姓名佚

山涤余霭，宇暖微霄。有风自南，翼彼新苗。

——陶渊明《时运》

采菊东篱下，悠然见南山。山气日夕佳，飞鸟相与还。

——陶渊明《饮酒》

目送归鸿，手挥五弦。俯仰自得，游心太玄。

——嵇叔夜《送秀才从军》[①]

倚杖柴门外，临风听暮蝉。渡头余落日，墟里上孤烟。

——王摩诘《赠裴迪》

① 原标题为《赠秀才从军》。——编者注

像这一类描写静趣的诗，唐人五言绝句中最多。你只要仔细玩味，你便可以见到这个宇宙又有一种景象，为你平时所未见到的。梁任公的《饮冰室文集》里有一篇谈“烟士披里纯”[①]，詹姆斯的《与教员学生谈话》(James：Talks To Teachers and Students）里面有三篇谈人生观，关于静趣都说得很透辟。可惜此时这两部书都不在手边，不能录几段出来给你看。你最好自己到图书馆里去查阅。詹姆士的《与教员学生谈话》那三篇文章（最后三篇）尤其值得一读，记得我从前读这三篇文章，很受他感动。

静的修养不仅是可以使你领略趣味，对于求学处事都有极大帮助。释迦牟尼在菩提树阴静坐而证道的故事，你是知道的。古今许多伟大人物常能在仓皇扰乱中雍容应付事变，丝毫不觉张皇，就因为能镇静。现代生活忙碌，而青年人又多浮躁。你站在这潮流里，自然也难免跟着旁人乱嚷。不过忙里偶然偷闲，闹中偶然习静，于身于心，都有极大裨益。你多在静中领略些趣味，不特你自己受用，就是你的朋友们看着你也快慰些。我生平不怕呆人，也不怕聪明过度的人，只是对着没有趣味的人，要勉强同他说应酬话，真是觉得苦

① 即英文inspiration（灵感）的音译。——编者注

也。你对着有趣味的人，你并不必多谈话，只是默然相对，心领神会，便可觉得朋友中间的无上至乐。你有时大概也发生同样感想罢？

眠食诸希珍重！

你的朋友　孟实

谈情与理

朋友：

去年张东荪先生在《东方杂志》发表过两篇论文，讨论兽性问题，并提出理智救国的主张。今年李石岑先生和杜亚泉先生也为着同样问题，在《一般》上起过一番辩论。一言以蔽之，他们的争点是：我们的生活应该受理智支配呢？还是应该受感情支配呢？张、杜两先生都是理智的辩护者，而李先生则私淑尼采，对于理智颇肆抨击。我自己在生活方面，尝感着情与理的冲突。近来稍涉猎文学、哲学，又发现现代思潮的激变，也由这个冲突发轫。屡次手痒，想做一篇长文，推论情与理在生活与文化上的位置，因为牵涉过广，终于搁笔。在私人通信中大题不妨小做，而且这个问题也是青年急宜了解的，所以趁这次机会，粗陈鄙见。

科学家讨论事理，对于规范与事实，辨别极严。规范是应然的，是以人的意志定出一种法则来支配人类生活的。事实是实然的，是受自然法则支配的。比方伦理、教育、政治、法律、经济各种学问都侧重规范，数、理、化各种学问都侧重事实。规范虽和事实不同，而却不能不根据事实。比方在教育学中，“自由发展个性”是一种规范，而所根据的是儿童心理学中的事实；在马克斯派经济学中，“阶级斗争”和“劳工专政”都是规范，而“剩余价值”律和“人口过剩”律是他所根据的事实。但是一般人制定规范，往往不根据事实而根据自己的希望。不知人的希望和自然界的事实常不相侔，而规范是应该先于事实的。规范倘若不根据事实，则不特不能实现，而且漫无意义。比方在事实上二加二等于四，而人的希望往往超过事实，硬想二加二等于五。既以为二加二等于五是很好的，便硬定“二加二应该等于五”的规范，这岂不是梦语？

我所以不满意于张东荪、杜亚泉诸先生的学说者，就因为他们既没有把规范和事实分别清楚，而又想离开事实，只凭自家理想去定规范。他们想把理智抬举到万能的地位，而不问在事实上理智是否万能；他们只主张理智应该支配一切生活，而不考究生活是否完全可以理智支配。我很奇怪张先生以柏格森的翻译者而抬举理智，我尤其奇怪杜先生想从哲学和心理学的观点去抨击李先生，而不知李先生的学说得自尼采，又不知他自己所根据的心理学久已陈死。

只论事实，世界文化和个人生活果能顺着理智所指的路径前进么？现代哲学和心理学对于这个问题所给的答案是否定的。

哲学家怎么说呢？现代哲学的主要潮流可以说是十八世纪理智主义的反动。自尼采、叔本华以至于柏格森，没有人不看透理智的威权是不实在的。依现代哲学家看，宇宙的生命、社会的生命和个体的生命都只有目的而无先见（purposive without foresight）。所谓有目的，是说生命是有归宿的，是向某固定方向前进的；所谓无先见，是说在未归宿之先，生命不能自己预知归宿何所。比方母鸡孵卵，其目的在产小鸡，而这个目的却不必预存于母鸡的意识中。理智就是先见，生命不受先见支配，所以不受理智支配。这是现代哲学上一种主要思潮，而这个思潮在政治思想上演出两个相反的结论。其一为英国保守派政治哲学。他们说，理智既不能左右社会生命，所以我们应该让一切现行制度依旧存在，它们自己会变好，不用人费力去筹划改革。其一为法国行会主义（syndicalism）。这派激烈分子说，现行制度已经够坏了，把它们打破以后，任它们自己变去，纵然没有理智产生的建设方略，也决不会有比现在更坏的制度发现出来。无论你相信哪一说，理智都不是万能的。

在心理学方面，理智主义的反动尤其剧烈。这种反动有两个大的倾向。第一个倾向是由边沁的乐利主义（hedonism)转到墨独孤的动原主义（homic theory）。乐利派心理学者以为一切行为都不外寻求快感与避免痛感。快感与痛感就是行为的动机。吾人心中预存何者发生快感、何者发生痛感的计算，而后才有寻求与避免的行为。换句话说，行为是理智的产品，而理智所去取，则以感觉之快与不快为标准。这种学说在十八十九两世纪颇盛行，到了现代，因为受墨独孤心理学者的攻击，已成体无完肤。依墨独孤派学者看，乐利主义误在倒果为因。快感与痛感是行为的结果，不是行为的动机，动作顺利，于是生快感，动作受阻碍，于是生痛感；在动作未发生之前，吾人心中实未曾运用理智，预期快感如何寻求、痛感如何避免。行为的原动力是本能与情绪，不是理智。这个道理墨独孤在他的《社会心理学》里说得很警辟。

心理学上第二个反理智的倾向是弗洛伊德派的隐意识心

理学。依这派学者看，心好比大海，意识好比海面浮着的冰山，其余汪洋深湛的统是隐意识。意识在心理中所占位置甚小，而理智在意识中所占位置又甚小，所以理智的能力是极微末的，通常所谓理智，大半是理性化（rationalisation）的结果，理智之来，常不在行为未发生之前，而在行为已发生之后。行为之发生，大半由隐意识中的情意综（complexes）主持。吾人于事后须得解释辩护，于是才找出种种理由来。这便是理性化。比方一个人钟爱一个女子，天天不由自主的走到她的寓所左右。而他自己所能举出的理由只不外“去看报纸”、“去访她哥哥”、“去看那棵柳树今天开了几片新叶”一类的话。照这样说，不特理智不易驾驭感情，而理智自身也不过是感情的变相。维护理智的人喜用弗洛伊德的升华说（sublimation）做护身符，不知所谓升华大半还是隐意识作用，其中情的成分比理的成分更加重要。

总观以上各点，我们可以知道在事实上理智支配生活的能力是极微末、极薄弱的，尊理智抑感情的人在思想上是开倒车，是想由现世纪回到十八世纪。开倒车固然不一定就是坏，可是要开倒车的人应该先证明现代哲学和心理学是错误的。不然，我们决难悦服。

更进一步，我们姑且丢开理智是否确能支配情感的问题，而衡量理智的生活是否确比情感的生活价值来得高。迷信理智的人不特假定理智能支配生活，而且假定理智的生活是尽善尽美的。第一个假定，我们已经知道，是与现代哲学和心理学相矛盾的。现在我们来研究第二个假定。

第一，我们应该知道理智的生活是很狭隘的。如果纯任理智，则美术对于生活无意义，因为离开情感，音乐只是空气的震动，图画只是涂着颜色的纸，文学只是联串起来的字。如果纯任理智，则宗教对于生活无意义，因为离开情感，自然没有神奇，而冥感灵通全是迷信。如果纯任理智，则爱对于人生也无意义，因为离开情感，男女的结合只是为着生殖。我们试想生活中无美术、无宗教（我是指宗教的狂热的情感与坚决信仰）、无爱情，还有什么意义？记得几年前有一位学生物学的朋友在《学灯》上发表一篇文章，说穷到究竟，人生只不过是吃饭与交媾。他的题目我一时记不起，仿佛是“悲”、“哀”一类的字。专从理智着想，他的话是千真万确的。但是他忘记了人是有感情的动物。有了感情，这个世界便另是一个世界，而这个人生便另是一个人生，决不是吃饭交媾就可以了事的。

第二，我们应该知道理智的生活是很冷酷的，很刻薄寡恩的。理智指示我们应该做的事甚多，而我们实在做到的还不及百分之一。所做到的那百分之一大半全是由于有情感在后面驱遣。比方我天天看见很可怜的乞丐，理智也天天提醒我赈济困穷的道理，可是除非我心中怜悯的情感触动时，我百回就有九十九回不肯掏腰包。前几天听见一位国学家投河的消息，和朋友们谈，大家都觉得他太傻。他固然是傻，可是世间有许多事须得有几分傻气的人才能去做。纯信理智的人天天都打计算，有许多不利于己的事他决不肯去做的。历史上许多侠烈的事迹都是情感的而不是理智的。

人类如要完全信任理智，则不特人生趣味剥削无余，而道德亦必流为下品。严密说起，纯任理智的世界中只能有法律而不能有道德。纯任理智的人纵然也说道德，可是他们的道德是问理的道德（morality according to principle），而不是问心的道德（morality according to heart）。问理的道德迫于外力，问心的道德激于衷情，问理而不问心的道德，只能给人类以束缚而不能给人类以幸福。

比方中国人所认为百善之首的“孝”，就可以当作问理的道德，也可以当作问心的道德。如果单讲理智，父母对于子女不能居功，而子女对于父母便不必言孝。这个道理胡适之先生在《答汪长禄书》里说得很透辟。他说：

> “父母于子无恩”的话，从王充、孔融以来，也很久了。……今年我自己生了一个儿子，我才想到这个问题上去。我想这个孩子自己并不曾自由主张要生在我家，我们做父母的也不曾得他的同意，就糊里糊涂的给他一条生命，况且我们也并不曾有意送给他这条生命。我们既无意，如何能居功？……我们生一个儿子，就好比替他种了祸根，又替社会种了祸根。……所以我们教他养他，只是我们减轻罪过的法子。……这可以说是恩典吗？

因此，胡先生不赞成把“儿子孝顺父母”列为一种“信条”。

胡先生所以得此结论，是假定孝只是一种报酬，只是一种问理的道德。把孝当作这样解释，我也不赞成把它“列为一种信条”。但是我们要知道真孝并不是一种报酬，并不是借债还息。孝只是一种爱，而凡爱都是以心感心，以情动情，决不像做生意买卖，时时抓住算盘子，计算你给我二五，我应该报酬你一十。换句话说，孝是情感的，不是理智的。世间有许多慈母，不惜牺牲一切，以护养她的婴儿；世间也有许多婴儿，无论到了怎样困穷忧戚的境遇，总可以把头埋在母亲的怀里，得那不能在别处得到的保护与安慰。这就是孝的起源，这也就是一切爱的起源。这种孝全是激于至诚的，是我所谓问心的道德。

孝不是一种报酬，所以不是一种义务，把孝看成一种义务，于是“孝”就由问心的道德降而为问理的道德了。许多人“孝顺”父母，并不是因为激于情感，只因为他想凡是儿子都须得孝顺父母，才成体统。礼至而情不至，孝的意义本已丧失。儒家想因存礼以存情，于是孝变成一种虚文。像胡先生所说，“无论怎样不孝的人，一穿上麻衣，带上高梁冠，拿着哭丧棒，人家就称他做‘孝子’了。”近人非孝，也是从理智着眼，把孝看作一种债息。其实与儒家末流犯同一毛病。问理的孝可非，而问心的孝是不可非的。

孝不过是许多事例中之一种。其他一切道德也都可以有问心的和问理的分别。问理的道德虽亦不可少，而衡其价值，则在问心的道德之下。孔子讲道德注重“仁”字，孟子讲道德注重“义”字，“仁”比“义”更有价值，是孔门学者所公认的。

“仁”就是问心的道德，“义”就是问理的道德。宋儒注“仁义”两个字说：“仁者心之德，义者事之宜。”这是很精确的。

我说了这许多话，可以一言以蔽之，“仁”胜于“义”，问心的道德胜于问理的道德，所以情感的生活胜于理智的生活。生活是多方面的，我们不但要能够知（know），我们更要能够感（feel）。理智的生活只是片面的生活。理智没有多大能力去支配情感，纵使理智能支配情感，而理胜于情的生活和文化都不是理想的。

我对于这个问题还有许多的话，在这封信里只能言不尽意，待将来再说。

你的朋友　孟实

附注：

此文发表后，曾蒙杜亚泉先生给了一个批评（见《一般》三卷三号），当时课忙，所以没有奉复。我此文结论中明明说过：“问理的道德虽亦不可少，而衡其价值，则在问心的道德之下。”我并没有说把理智完全勾消。杜先生也说：“我也主张主情的道德。”然则我们的意见根本并无二致。我不能不羡慕杜先生真有闲功夫。

杜先生一方面既然承认“朱先生说，‘真孝并不是一种报酬’这句话很精到的”，而另一方面又加上一句“但是‘孝不是一种义务’这句话却错了”。我以为他可以说出一番大道理来，而下文不过是如此：“至于父母就是社会上担负教育子女义务的人……这种人在衰老的时候，社会也应该辅养他。”说明白一点咧，在子女幼时，父母曾为社会辅养子女；所以到父母老时，子女也应该为社会辅养父母。

请问杜先生，这是不是所谓报酬？承认我的“孝不是一种报酬”一语为“精到”，而说明“孝是一种义务”时，又回到报酬的原理，这似犯了维护理智的人们所谓“矛盾律”。

“今之孝者，是谓能养”，杜先生大约还记得下文罢？我承认“养老”、“养小”都确是一种义务，我否认能尽这种义务就是孝慈。因为我主张于能尽养老的义务之外，还要有出于衷诚的敬爱，才能谓孝，所以我主张孝不是一种报酬。因为我主张孝不是一种报酬，所以我否认孝只是一种义务。杜先生同意于“孝不是一种报酬”，而致疑于“孝不是一种义务”，这也是矛盾。

维护理智的人，推理一再陷于矛盾，世间还有更好的凭据证明理智不可尽信么？

十七年二月

谈摆脱

朋友：

近来研究黑格尔（Hegel）讨论悲剧的文章，有时拿他的学说来印证实际生活，颇觉欣然有会意。许久没有写信给你，现在就拿这点道理作谈料。

黑格尔对于古今悲剧，最推尊希腊苏菲克里司（Sophocles）[①]的《安蒂贡》[②]（Antigone）。安蒂贡的哥哥因为争王位，借重敌国的兵攻击他自己的祖国第伯斯[③]，他在战场中被打死

① 现译为索福克勒斯。——编者注

② 现译为《安提戈涅》。——编者注

③ 现译为忒拜。——编者注

了。第伯斯新王克利安（Creon）悬令，如有人敢收葬他，便处死罪，因为他是一个国贼。安蒂贡很像中国的聂嫈，毅然不避死刑，把她哥哥的尸骨收葬了。安蒂贡又是和克利安的儿子希蒙（Haemon）订过婚的，她被绞以后，希蒙痛悼她，也自杀了。

黑格尔以为凡悲剧都生于两理想的冲突，而《安蒂贡》是最好的实例。就克利安说，做国王的职责和做父亲的职责相冲突。就安蒂贡说，做国民的职责和做妹妹的职责相冲突。就希蒙说，做儿子的职责和做情人的职责相冲突。因此冲突，故三方面结果都是悲剧。

黑格尔只是论文学，其实推广一点说，人生又何尝不是一种理想的冲突场？不过实在界和舞台有一点不同，舞台上的悲剧生于冲突之得解决，而人生的悲剧则多生于冲突之不得解决。生命途程上的歧路尽管千差万别，而实际上只有一条路可走，有所取必有所舍，这是自然的道理。世间有许多人站在歧路上只徘徊顾虑，既不肯有所舍，便不能有所取。世间也有许多人既走上这一条路，又念念不忘那一条路。结果也不免差误时光。“鱼我所欲，熊掌亦我所欲，二者不可得兼，舍鱼而取熊掌可也。”[①]有这样果决，悲剧决不会发生。悲剧之发生就在既不肯舍鱼，又不肯舍熊掌，只在那儿垂涎打算盘。这个道理我可以举几个实例来说明：

“禾”是一个大学生，很好文学，而他那一班的功课有簿记、有法律，都是他所厌恶的。他每见到我便愁眉蹙额的说：“真是无聊！天天只是预备考试！天天只是读这些没有意味的课本！”我告诉他：“你既不欢喜那些东西，便把它们丢开就是了。”他说：“既然花了家里的钱进学堂，总得要勉强敷衍考试才是。”我说：“你要敷衍考试，就敷衍考试就是了。”然而他天天嫌恶考试，天天又在那儿预备考试。

我有一个幼时的同学恋爱了一个女子。他的家庭极力阻止他。他每次来信都向我诉苦。我去信告诉他说，“你既然爱她，便毅然不顾一切去爱她就是了。”他又说：“家庭骨肉的恩爱就能够这样恝然置之么？”我回复他说：“事既不能两全，你便应该趁早疏绝她。”但是他到现在还是犹豫不知所可，还是照旧叫苦。

“禹”也是一个旧相识。他在衙门里充当一个小差事。他

---

① 原文为：“鱼，我所欲也；熊掌，我所欲也。二者不可得兼，舍鱼而取熊掌者也。”——编者注

很能做文章，家里虽不丰裕，也还不至于没有饭吃。衙门里案牍和他的脾胃不很合，而且妨碍他著述。他时常觉得他的生活没有意味，和我谈心时，不是说，“嗳，如果我不要就这个事，这本稿子久已写成了。”就是说：“这事简直不是人干的，我回家陪妻子吃糙米饭去了！”像这样的话我也不知道听他说过多少回数，但是他还是依旧风雨无阻地去应卯。

这些朋友的毛病都不在“见不到”而在“摆脱不开”。“摆脱不开”便是人生悲剧的起源。畏首畏尾，徘徊歧路，心境既多苦痛，而事业也不能成就。许多人的生命都是这样模模糊糊的过去的。要免除这种人生悲剧，第一须要“摆脱得开”。消极说是“摆脱得开”，积极说便是“提得起”，便是“抓得住”。认定一个目标，便专心致志的向那里走，其余一切都置之度外，这是成功的秘诀，也是免除烦恼的秘诀。现在姑且举几个实例来说明我所谓“摆脱得开”。

释迦牟尼当太子时，乘车出游，看到生老病死的苦状，便恍然解悟人生虚幻，把慈父、娇妻、爱子和王位一齐抛开，深夜遁入深山，静坐菩提树下，冥心默想解脱人类罪苦的方法。这是古今第一个知道摆脱的人。其次如苏格腊底，如耶稣，如屈原，如文天祥，为保持人格而从容就死，能摆脱开一般人所摆脱不开的生活欲，也很可以廉顽立懦。再其次如希腊达奥杰尼司[①]提倡克欲哲学，除一个饮水的杯子和一个盘坐的桶子以外，身旁别无长物，一日见童子用手捧水喝，他便把饮水的杯子也掷碎。犹太斯宾诺莎学说与犹太教义不合，犹太教徒行贿不遂，把他驱逐出籍，他以后便专靠磨镜过活。他在当时是欧洲第一个大哲学家，海德尔堡大学请他去当哲学教授，他说："我还是磨我的镜子比较自由。"所以谢绝教授的位置。这是能为真理为学问摆脱一切的。卓文君逃开富家的安适，去陪司马相如当垆卖酒，是能为恋爱摆脱一切的。张翰在齐做大司马东曹掾，一天看见秋风乍起，想起吴中菰菜莼羹鲈鱼脍，立刻就弃官归里。陶渊明做彭泽令，不愿束带见督邮，向县吏说："我岂能为五斗米折腰向乡里小儿！"立即解绶辞官。这是能摆脱禄位以行吾心所安的。英国小说家司考特早年颇致力于诗，后读拜伦著作，知道自己在诗的方面不能有大成就，便丢开音律专去做他的小说。这是能为某一种学问而摆脱开其他学问之引诱的。孟敏堕甑，不顾而去。郭林宗问他的缘故，他回答说："甑已碎，顾之何益？"这是能摆脱过去之失败的。

---

① 现译为第欧根尼。——编者注

斯蒂芬生论文，说文章之术在知遗漏（the art of omitting），其实不独文章如是，生活也要知所遗漏。我幼时，有一位最敬爱的国文教师看出我不知摆脱的毛病，尝在我的课卷后面加这样的批语：“长枪短戟，用各不同，但精其一，已足致胜，汝才有偏向，姑发展其所长，不必广心博骛也。”十年以来，说了许多废话，看了许多废书，做了许多不中用的事，走了许多没有目标的路，多尝试，少成功，回忆师训，殊觉赧然，冷眼观察，世间像我这样暗中摸索的人正亦不少。大节固不用说，请问街头那纷纷群众忙的为什么？为什么天天做明知其无聊的工作，说明知其无聊的话，和明知其无聊的朋友假意周旋？在我看来，这都由于“摆脱不开”。因为人人都“摆脱不开”，所以生命便成了一幕最大的悲剧。

朋友，我写到这里，已超过寻常篇幅，把上面所写的翻看一过，觉得还没有把“摆脱”的道理说得透。我只谈到粗浅处，细微处让你自已暇时细心体会罢。

你的朋友　孟实

谈人生与我

朋友：

我写了许多信，还没有郑重其事的谈到人生问题，这是一则因为这个问题实在谈滥了，一则也因为我看这个问题并不如一般人看得那样重要。在这最后一封信里我所以提出这个滥题来讨论者，并不是要说出什么一番大道理，不过把我自己平时几种对于人生的态度随便拿来做一次谈料。

我有两种看待人生的方法。在第一种方法里，我把我自己摆在前台，和世界一切人和物在一块玩把戏；在第二种方法里，我把我自己摆在后台，袖手看旁人在那儿装腔作势。

站在前台时，我把我自己看得和旁人一样，不但和旁人一样，并且和鸟兽虫鱼诸物也都一样。人类比其他物类痛苦，就因为人类把自己看得比其他物类重要。人类中有一部分人比其余的人苦痛，就因为这一部分人把自己比其余的人看得重要。比方穿衣吃饭是多么简单的事，然而在这个世界里居然成为一个极重要的问题，就因为有一部分人要亏人自肥。再比方生死，这又是多么简单的事，无量数人和无量数物都已生过来死过去了。一个小虫让车轮压死了，或者一朵鲜花让狂风吹落了，在虫和花自己都决不值得计较或留恋，而在人类则生老病死以后偏要加上一个苦字。这无非是因为人们希望造物真宰待他们自己应该比草木虫鱼特别优厚。

因为如此着想，我把自己看作草木虫鱼的侪辈，草木虫鱼在和风甘露中是那样活着，在炎暑寒冬中也还是那样活着。像庄子所说的，它们“诱然皆生，而不知其所以生；同焉皆得，而不知其所以得”。它们时而戾天跃渊，欣欣向荣；时而含葩敛翅，晏然蛰处，都顺着自然所赋予的那一副本性。它们决不计较生活应该是如何，决不追究生活是为着什么，也决不埋怨上天待它们特薄，把它们供人类宰割凌虐。在它们说，生活自身就是方法，生活自身也就是目的。

从草木虫鱼的生活，我学得一个经验。我不在生活以外别求生活方法，不在生活以外别求生活目的。世间少我一个，多我一个，或者我时而幸运，时而受灾祸侵逼，我以为这都无伤天地之和。你如果问我，人们应该如何生活才好呢？我说，就顺着自然所给的本性生活着，像草木虫鱼一样。你如果问我，人们生活在这幻变无常的世相中究竟为着什么？我说，生活就是为着生活，别无其他目的。你如果向我埋怨天公说，人生是多么苦恼呵！我说，人们并非生在这个世界来享幸福的，所以那并不算奇怪。

这并不是一种颓废的人生观。你如果说我的话带有颓废的色彩，我请你在春天到百花齐放的园子里去，看看蝴蝶飞，听听鸟儿鸣，然后再回到十字街头，仔细瞧瞧人们的面孔，你看谁是活泼，谁是颓废？请你在冬天积雪凝寒的时候，看看雪压的松树，看着站在冰上的鸥和游在水中的鱼，然后再回头看看遇苦便叫的那“万物之灵”，你以为谁比较能耐苦持恒呢？

我拿人比禽兽，有人也许目为异端邪说。其实我如果要援引“经典”，称道孔孟以辩护我的见解，也并不是难事。孔子所谓“知命”，孟子所谓“尽性”，庄子所谓“齐物”，宋儒所谓“廓然大公，物来顺应”，和希腊廊下派哲学，我都可以引申成一篇经义文，做我的护身符。然而我觉得这大可不必。我虽不把自己比旁人看得重要，我也不把自己看得比旁人分外低能，如果我的理由是理由，就不用仗先圣先贤的声威。

以上是我站在前台对于人生的态度。但是我平时很欢喜站在后台看人生。许多人把人生看作只有善恶分别的，所以他们的态度不是留恋，就是厌恶。我站在后台时把人和物也一律看待，我看西施、嫫母、秦桧、岳飞也和我看八哥、鹦鹉、甘草、黄连一样，我看匠人盖屋也和我看鸟鹊营巢、蚂蚁打洞一样，我看战争也和我看斗鸡一样，我看恋爱也和我看雄蜻蜓追雌蜻蜓一样。因此，是非善恶对我都无意义，我只觉得对着这些纷纭扰攘的人和物，好比看图画，好比看小说，件件都很有趣味。

这些有趣味的人和物之中自然也有一个分别。有些有趣味，是因为它们带有很浓厚的喜剧成分；有些有趣味，是因为它们带有很深刻的悲剧成分。

我有时看到人生的喜剧。前天遇见一个小外交官，他的上下巴都光光如也，和人说话时却常常用大拇指和食指在腮旁捻一捻，像有胡须似的。他们说这是官气，我看到这种举动比看诙谐画还更有趣味。许多年前一位同事常常很气忿地向人说："如果我是一个女子，我至少已接得一尺厚的求婚书了！"偏偏他不是女子，这已经是喜剧；何况他又麻又丑，纵然他幸而为女子，也决不会有求婚书的麻烦，而他却以此沾沾自喜，这总算得喜剧之喜剧了。这件事和英国文学家高尔司密的一段逸事一样有趣。他有一次陪几个女子在荷兰某一个桥上散步，看见桥上行人个个都注意他同行的女子，而没有一个睬他自己，便板起面孔很气忿的说："哼，在别地方也有人这样看我咧！"如此等类的事，我天天都见得着。在闲静寂寞的时候，我把这一类的小小事件从记忆中召回来，寻思玩味，觉得比抽烟饮茶还更有味。老实说，假如这个世界中没有曹雪芹所描写的刘姥姥，没有吴敬梓所描写的严贡生，没有莫里哀所描写的达杜夫和阿夏白贡，生命更不值得留恋了。我感谢刘姥姥、严贡生一流人物，更甚于我感谢钱塘的潮和匡庐的瀑。

其次，人生的悲剧尤其能使我惊心动魄；许多人因为人生多悲剧而悲观厌世，我却以为人生有价值正因其有悲剧。我在几年前做的《无言之美》里曾说明这个道理，现在引一段来：

我们所居的世界是最完美的，就因为它是最不完美的。这话表面看去，不通已极，但是实含有至理。假如世界是完美的，人类所过的生活比好一点，是神仙的生活，比坏一点，就是猪的生活——便必呆板单调已极，因为倘若件件事都尽美尽善了，自然没有希望发生，更没有努力奋斗的必要。人生最可乐的就是活动所生的感觉，就是奋斗成功而得的快慰。世界既完美，我们如何能尝创造成功的快慰？这个世界之所以美满，就在有缺陷，就在有希望的机会，有想象的田地。换句话说，世界有缺陷，可能性才大。

这个道理李石岑先生在《一般》三卷三号所发表的《缺陷论》里也说得很透辟。悲剧也就是人生一种缺陷。它好比洪涛巨浪，令人在平凡中见出庄严，在黑暗中见出光彩。假如荆轲真正刺中秦始皇，林黛玉真正嫁了贾宝玉，也不过闹个平凡收场，哪得叫千载以后的人唏嘘赞叹？以李太白那样天才，偏要和江淹戏弄笔墨，做了一篇《拟恨赋》，和《上韩荆州书》[①]一样庸俗无味。毛声山评《琵琶记》，说他有意

① 李白原作名为《与韩荆州书》。——编者注

要做“补天石”传奇十种，把古今几件悲剧都改个快活收场，他没有实行，总算是一件幸事。人生本来要有悲剧才能算人生，你偏想把它一笔勾消，不说你勾消不去，就是勾消去了，人生反更索然寡趣。所以我无论站在前台或站在后台时，对于失败，对于罪孽，对于殃咎，都是用一副冷眼看待，都是用一个热心惊赞。

朋友，我感谢你费去宝贵的时光读我的这十二封信，如果你不厌倦，将来我也许常常和你通信闲谈，现在让我暂时告别罢！

写过十二封信给你的朋友　孟实

无言之美

孔子有一天突然地很高兴地对他的学生说："予欲无言。"子贡就接着问他："子如不言，则小子何述焉？"孔子说："天何言哉？四时行焉，百物生焉。天何言哉？"

这段赞美无言的话，本来从教育方面着想。但是要想明了无言的意蕴，宜从美术观点去研究。

言所以达意，然而意决不是完全可以言达的。因为言是固定的、有迹象的，意是瞬息万变、飘渺无踪的。言是散碎的，意是混整的；言是有限的，意是无限的。以言达意，好像用继续的虚线画实物，只能得其近似。

所谓文学，就是以言达意的一种美术。在文学作品中，语言之先的意象和情绪意旨所附丽的语言，都要尽美尽善，才能引起美感。

尽美尽善的条件很多。但是第一要不违背美术的基本原理，要“和自然逼真”（true to nature）。这句话讲得通俗一点，就是说美术作品不能说谎。不说谎包含有两种意义：一、我们所说的话，就恰是我们所想说的话。二、我们所想说的话，我们都吐肚子说出来了，毫无余蕴。

意既不可以完全达之以言，“和自然逼真”一个条件在文学上不是做不到么？或者我们问得再直截一点，假使语言文字能够完全传达情意，假使笔之于书的和存之于心的铢两悉称，丝毫不爽，这是不是文学上所应希求的一件事？

这个问题是了解文学及其他美术所必须回答的。现在我们姑且答道：文字语言固然不能全部传达情绪意旨，假使能够，也并非文学所应希求的。一切美术作品也都是这样，尽量表现，非惟不能，而也不必。

先从事实下手研究。譬如有一个荒村或任何物体，摄影家把它照一幅相，美术家把它画一幅画。这种相片和图画可以从两个观点去比较：第一，相片或图画，哪一个较“和自然逼真”不消说得，在同一视阈以内的东西，相片都可以包罗尽致，并且体积比例和实物都两两相称，不会有丝毫错误。图画就不然。美术家对一种境遇，未表现之先，先加一番选择。选择定的材料还须经过一番理想化，把美术家的人格参加进去，然后表现出来。所表现的只是实物一部分，就连这一部分也不必和实物完全一致。所以图画决不能如相片一样“和自然逼真”？第二，我们再问，相片和图画所引起的美感哪一个浓厚，所发生的印象哪一个深刻，这也不消说，稍有美术口胃的人都觉得图画比相片美得多。

文学作品也是同样。譬如《论语》。“子在川上曰：‘逝者如斯夫，不舍昼夜！’”几句话决没完全描写出孔子说这番话时候的心境，而“如斯夫”三字更笼统，没有把当时的流水形容尽致。如果说详细一点，孔子也许这样说：“河水滚滚地流去，日夜都是这样，没有一刻停止。世界上一切事物不都像这流水时常变化不尽么？过去的事物不就永远过去绝不回头么？我看见这流水心中好不惨伤呀！……”但是纵使这样说去，还没有尽意。而比较起来，“逝者如斯夫，不舍昼夜”九个字比这段长而臭的演义就值得玩味多了！在上等文学作品中，——尤其在诗词中——这种言不尽意的例子处处都可以看见。譬如陶渊明的《时运》，“有风自南，翼彼新苗”；《读〈山海经〉》，“微雨从东来，好风与之俱”，本来没有表现出诗人的情绪，然而玩味起来，自觉有一种闲情逸致，令人心旷神怡。钱起的《省试湘灵鼓瑟》末二句，“曲终人不见，江上数峰青”，也没有说出诗人的心绪，然而一种凄凉惜别的神情自然流露于言语之外。此外像陈子昂的《幽州台怀古》[①]：“前不见古人，后不见来者。念天地之幽幽，独怆然而泪下！”李白的《怨情》：“美人卷珠帘，深坐颦蛾眉。但见泪痕湿，不知心恨谁。”虽然说明了诗人的情感，而所说出来的多么简单，所含蓄的多么深远？再就写景说，无论何种境遇，要描写得唯妙唯肖，都要费许多笔墨。但是大手笔只选择两三件事轻描淡写一下，完全境遇便呈露眼前，栩栩欲生。譬如陶渊明的《归园田居》：“方宅十余亩，草屋八九间。榆柳阴后檐，桃李罗堂前。暧暧远人村，依依墟里烟。狗吠深巷中，鸡鸣桑树巅。”四十字把乡村风景描写多么真切！再如杜工部的《后出塞》：“落日照大旗，马鸣风萧萧。平沙列万幕，部伍各见招。中天悬明月，令严夜寂寥。悲笳数声动，壮士惨不骄。”寥寥几句话，把月夜沙场状况写得多么有声有色，然而仔细观察起来，乡村景物还有多少为陶渊明所未提

① 陈子昂原作名为《登幽州台歌》。——编者注

及，战地情况还有多少为杜工部所未提及。从此可知文学上我们并不以尽量表现为难能可贵。

在音乐里面，我们也有这种感想，凡是唱歌奏乐，音调由洪壮急促而变到低微以至于无声的时候，我们精神上就有一种沉默渊穆和平愉快的景象。白香山在《琵琶行》里形容琵琶声音暂时停顿的情况说："水泉冷涩弦凝绝，凝绝不通声暂歇。别有幽愁暗恨生，此时无声胜有声。"这就是形容音乐上无言之美的滋味。著名英国诗人溪兹[①]（Keats）在《希腊花瓶歌》也说，"听得见的声调固然幽美，听不见的声调尤其幽美"（Heard melodies are sweet ; but those unheard are sweeter），也是说同样道理。大概喜欢音乐的人都尝过此中滋味。

就戏剧说，无言之美更容易看出。许多作品往往在热闹场中动作快到极重要的一点时，忽然万籁俱寂，现出一种沉默神秘的景象。梅特林（Maeterlinck）的作品就是好例。譬如《青鸟》的布景，择夜阑人静的时候，使重要角色睡得很长久，就是利用无言之美的道理。梅氏并且说："口开则灵魂之门闭，口闭则灵魂之门开。"赞无言之美的话不能比此更透

① 现译为济慈。——编者注

辟了。莎氏比亚的名著《哈姆列特》一剧开幕便描写更夫守夜的状况，德林瓦特（Drinkwater）在其《林肯》中描写林肯在南北战争军事旁午的时候跪着默祷，王尔德（O. Wilde）的《文德米夫人的扇子》里面描写文德米夫人私奔在她的情人寓所等候的状况，都在兴酣局紧，心悬悬渴望结局时，放出沉默神秘的色彩，都足以证明无言之美的。近代又有一种哑剧和静的布景，或只有动作而无言语，或连动作也没有，就专靠无言之美引人入胜了。

雕刻塑像本来是无言的，也可以拿来说明无言之美。所谓无言，不一定指不说话，是注重在含蓄不露。雕刻以静体传神，有些是流露的，有些是含蓄的。这种分别在眼睛上尤其容易看见。中国有一句谚语说，“金刚怒目，不如菩萨低眉”。所谓怒目，便是流露；所谓低眉，便是含蓄。凡看低头闭目的神像，所生的印象往往特别深刻。最有趣的就是西洋爱神的雕刻，她们男女都是瞎了眼睛。这固然根据希腊的神话，然而实在含有美术的道理，因为爱情通常都在眉目间流露，而流露爱情的眉目是最难比拟的。所以索性雕成盲目，可以耐人寻思。当初雕刻家原不必有意为此，但这些也许是人类不用意识而自然碰着的巧。

要说明雕刻上流露和含蓄的分别，希腊著名雕刻《拉阿孔》(Laocoon)是最好的例子。相传拉阿孔犯了大罪，天神用了一种极惨酷的刑法来惩罚他，遣了一条恶蛇把他和他的两个儿子在一块绞死了。在这种极刑之下，未死之前当然有一种悲伤惨戚目不忍睹的一顷刻，而希腊雕刻家并不擒住这一顷刻来表现，他只把将达苦痛极点前一顷刻的神情雕刻出来，所以他所表现的悲哀是含蓄不露的。倘若是流露的，一定带了挣扎呼号的样子。这个雕刻，一眼看去，只觉得他们父子三人都有一种难言之恫；仔细看去，便可发现条条筋肉根根毛孔都暗示一种极苦痛的神情。德国蓝森[①](Lessing)的名著《拉阿孔》就根据这个雕刻，讨论美术上含蓄的道理。

以上是从各种艺术中信手拈来的几个实例。把这些个别的实例归纳在一起，我们可以得一个公例，就是：拿美术来表现思想和情感，与其尽量流露，不如稍有含蓄；与其吐肚子把一切都说出来，不如留一大部分让欣赏者自己去领会。因为在欣赏者的头脑里所生的印象和美感，有含蓄比较尽量流露的还要更加深刻。换句话说，说出来的越少，留着不说

① 现译为莱辛。——编者注

的越多，所引起的美感就越大越深越真切。

这个公例不过是许多事实的总结束。现在我们要进一步求出解释这个公例的理由。我们要问何以说得越少，引起的美感反而越深刻？何以无言之美有如许势力？

想答复这个问题，先要明白美术的使命。人类何以有美术的要求？这个问题本非一言可尽。现在我们姑且说，美术是帮助我们超脱现实而求安慰于理想境界的。人类的意志可向两方面发展：一是现实界，一是理想界。不过现实界有时受我们的意志支配，有时不受我们的意志支配。譬如我们想造一所房屋，这是一种意志。要达到这个意志，必费许多气力去征服现实，要开荒辟地，要造砖瓦，要架梁柱，要赚钱去请泥水匠。这些事都是人力可以办到的，都是可以用意志支配的。但是我们的意志想造一座空中楼阁。现实界凡物皆向地心下坠一条定律，就不可以用意志征服。所以意志在现实界活动，处处遇障碍，处处受限制，不能圆满地达到目的，实际上我们的意志十之八九都要受现实限制，不能自由发展。譬如谁不想有美满的家庭？谁不想住在极乐国？然而在现实界决没有所谓极乐美满的东西存在。因此我们的意志就不能不和现实发生冲突。

一般人遇到意志和现实发生冲突的时候，大半让现实征服了意志，走到悲观烦闷的路上去，以为件件事都不如人意，人生还有什么意味？所以堕落、自杀、逃空门种种的消极的解决法就乘虚而入了，不过这种消极的人生观不是解决意志和现实冲突最好的方法。因为我们人类生来不是懦弱者，而这种消极的人生观甘心让现实把意志征服了，是一种极懦弱的表示。

然则此外还有较好的解决法么？有的，就是我所谓超脱现实。我们处世有两种态度，人力所能做到的时候，我们竭力征服现实。人力莫可奈何的时候，我们就要暂时超脱现实，储蓄精力待将来再向他方面征服现实。超脱到那里去呢？超脱到理想界去。现实界处处有障碍有限制，理想界是天空任鸟飞，极空阔极自由的。现实界不可以造空中楼阁，理想界是可以造空中楼阁的。现实界没有尽美尽善，理想界是有尽美尽善的。

姑取实例来说明。我们走到小城市里去，看见街道窄狭污浊，处处都是阴沟厕所，当然感觉不快，而意志立时就要表示态度。如果意志要征服这种现实哩，我们就要把这种街道房屋一律拆毁，另造宽大的马路和清洁的房屋。但是谈何容易？物质上发生种种障碍，这一层就不一定可以做到。意志在此时如何对付呢？他说：我要超脱现实，去在理想界造成理想的街道房屋来，把它表现在图画上，表现在雕刻上，表现在诗文上。于是结果有所谓美术作品。美术家成了一件作品，自己觉得有创造的大力，当然快乐已极。旁人看见这种作品，觉得它真美丽，于是也愉快起来了，这就是所谓美感。

因此美术家的生活就是超现实的生活；美术作品就是帮助我们超脱现实到理想界去求安慰的。换句话说，我们有美术的要求，就因为现实界待遇我们太刻薄，不肯让我们的意志推行无碍，于是我们的意志就跑到理想界去求慰情的路径。美术作品之所以美，就美在它能够给我们很好的理想境界。所以我们可以说，美术作品的价值高低就看它超现实的程度大小，就看它所创造的理想世界是阔大还是窄狭。

但是美术又不是完全可以和现实界绝缘的。它所用的工具——例如雕刻用的石头，图画用的颜色，诗文用的语言——都是在现实界取来的。它所用的材料——例如人物情状悲欢离合——也是现实界的产物。所以美术可以说是以毒攻毒，利用现实的帮助以超脱现实的苦恼。上面我们说过，美术作品的价值高低要看它超脱现实的程度如何。这句话应稍加改正，我们应该说，美术作品的价值高低，就看它能否借极少量的现实界的帮助，创造极大量的理想世界出来。

在实际上说，美术作品借现实界的帮助愈少，所创造的理想世界也因而愈大。再拿相片和图画来说明。何以相片所引起的美感不如图画呢？因为相片上一形一影，件件都是真实的，而且应有尽有，发泄无遗。我们看相片，种种形影好像钉子把我们的想像力都钉死了。看到相片，好像看到二五，就只能想到一十，不能想到其他数目。换句话说，相片把事物看得忒真，没有给我们以想象余地。所以相片只能抄写现实界，不能创造理想界。图画就不然。图画家用美术眼光，加一番选择的功夫，在一个完全境遇中选择了一小部分事物，把它们又经过一番理想化，然后才表现出来。惟其留着一大部分不表现，欣赏者的想象力才有用武之地。想象作用的结果就是一个理想世界。所以图画所表现的现实世界虽极小而创造的理想世界则极大。孔子谈教育说："举一隅不以三隅反，则不复也。"相片是把四隅通举出来了，不要你劳力去"复"。图画就只举一隅，叫欣赏者加一番想象，然后"以三隅反"。

流行语中有一句说："言有尽而意无穷。"无穷之意达之以有尽之言，所以有许多意，尽在不言中。文学之所以美，不仅在有尽之言，而尤在无穷之意。推广地说，美术作品之所以美，不是只美在已表现的一小部分，尤其是美在未表现而含蓄无穷的一大部分，这就是本文所谓无言之美。

因此美术要“和自然逼真”一个信条应该这样解释：“和自然逼真”是要窥出自然的精髓所在，而表现出来；不是说要把自然当作一篇印版文字，很机械地抄写下来。

这里有一个问题会发生。假使我们欣赏美术作品，要注重在未表现而含蓄着的一部分，要超“言”而求“言外意”，各个人有各个人的见解，所得的言外意不是难免殊异么？当然，美术作品之所以美，就美在有弹性，能拉得长，能缩得短。有弹性所以不呆板。同一美术作品，你去玩味有你的趣味，我去玩味有我的趣味。譬如莎氏乐府所以在艺术上占极高位置，就因为各种阶级的人在不同的环境中都欢喜读它。有弹性，所以不陈腐。同一美术作品，今天玩味有今天的趣味，明天玩味有明天的趣味。凡是经不得时代淘汰的作品都不是上乘。上乘文学作品，百读都令人不厌的。

就文学说，诗词比散文的弹性大；换句话说，诗词比散文所含的无言之美更丰富。散文是尽量流露的，愈发挥尽致，愈见其妙。诗词是要含蓄暗示，若即若离，才能引人入胜。

现在一般研究文学的人都偏重散文——尤其是小说。对于诗词很疏忽。这件事实可以证明一般人文学欣赏力很薄弱。现在如果要提高文学，必先提高文学欣赏力；要提高文学欣赏力，必先在诗词方面特下功夫，把鉴赏无言之美的能力养得很敏捷。因此我很望文学创作力在诗词方面多努力，而学校国文课程中诗歌应该占一个重要的位置。

本文论无言之美，只就美术一方面着眼。其实这个道理在伦理、哲学、教育、宗教及实际生活各方面，都不难发现。老子《道德经》开卷便说："道可道，非常道；名可名，非常名。"就是说伦理哲学中有无言之美。儒家谈教育，大半主张潜移默化，所以拿时雨春风做比喻。佛教及其他宗教之能深入人心，也是借沉默神秘的势力。幼稚园创造者蒙特梭利利用无言之美的办法尤其有趣。在她的幼稚园里，教师每天趁儿童顽得很热闹的时候，猛然地在粉板上写一个"静"字，或奏一声琴。全体儿童于是都跑到自己的座位去，闭着眼睛蒙着头伏案做假睡的姿势，但是他们不可睡着。几分钟后，教师又用很轻微的声音，从颇远的地方呼唤各个儿童的名字。听见名字的就要立刻醒起来。这就是使儿童可以在沉默中领略无言之美。

就实际生活方面说，世间最深切的莫如男女爱情。爱情摆在肚子里面比摆在口头上来得恳切。“齐心同所愿，含意俱未伸”和“但无言语空相觑”，比较“细语温存”、“怜我怜卿”的滋味还要更加甜蜜。英国诗人勃莱克（Blake）有一首诗叫做《爱情之秘》（Love’s Secret）里面说：

（一）切莫告诉你的爱情，
爱情是永远不可以告诉的，
因为她像微风一样，
不做声不做气的吹着。
（二）我曾经把我的爱情告诉而又告诉，
我把一切都披肝沥胆地告诉爱人了，
打着寒颤，耸头发地告诉，
然而她终于离我去了！
（三）她离我去了，
不多时一个过客来了。
不做声不做气地，只微叹一声，
便把她带去了。

这首短诗描写爱情上无言之美的势力，可谓透辟已极了。本来爱情完全是一种心灵的感应，其深刻处是老子所谓不可道不可名的。所以许多诗人以为“爱情”两个字本身就太滥太寻常太乏味，不能拿来写照男女间神圣深挚的情绪。

其实何只爱情？世间有许多奥妙，人心有许多灵悟，都非言语可以传达，一经言语道破，反如甘蔗渣滓，索然无味。这个道理还可以推到宇宙人生诸问题方面去。我们所居的世界是最完美的，就因为它是最不完美的。这话表面看去，不通已极，但是实在含有至理。假如世界是完美的，人类所过的生活比好一点，是神仙的生活，比坏一点，就是猪的生活——便呆板单调已极，因为倘若件件都尽美尽善了，自然没有希望发生，更没有努力奋斗的必要。人生最可乐的就是活动所生的感觉，就是奋斗成功而得的快慰。世界既完美，我们如何能尝创造成功的快慰？这个世界之所以美满，就在有缺陷，就在有希望的机会，有想象的田地。换句话说，世界有缺陷，可能性（potentiality）才大。这种可能而未能的状况就是无言之美。世间许多奥妙，要留着不说出；世间有许多理想，也应该留着不实现。因为实现以后，跟着“我知道了”的快慰便是“原来不过如是”的失望。

天上的云霞有多么美丽！风涛虫鸟的声息有多么和谐！用颜色来摹绘，用金石丝竹来比拟，任何美术家也是作践天籁，糟蹋自然！无言之美何限？让我这种拙手来写照，已是糟粕枯骸！这种罪过我要完全承认的。倘若有人骂我胡言乱道，我也只好引陶渊明的诗回答他说：“此中有真味，欲辨已忘言！”

十三年仲冬脱稿于上虞白马湖畔

谈人

谈美，我得从人谈起，因为美是一种价值，而价值属于经济范畴，无论是使用还是交换，总离不开人这个主体。何况文艺活动，无论是创造还是欣赏、批评，同样也离不开人。

你我都是人，还不知道人是怎么回事吗？世间事物最复杂因而最难懂的莫过人，懂得人就会懂得你自己。希腊人把“懂得你自己”看作人的最高智慧。可不是吗？人不像木石只有物质，而且还有意识，有情感，有意志，总而言之，有心灵。西方还有一句古谚：“人有一半是魔鬼，一半是仙子。”魔鬼固诡诈多端，仙子也渺茫难测。

作为一种动物，人是人类学的研究对象。他经过无数亿万年才由单细胞生物发展到猿，又经过无数亿万年才由类人猿发展到人。正如人的面貌还有类人猿的遗迹，人的习性中也还保留一些兽性，即心理学家所说的“本能”。

我们这些文明人是由原始人或野蛮人演变来的，除兽性之外，也还保留着原始人的一些习性。要了解现代社会人，还须了解我们的原始祖先。所以马克思特别重视摩根的《古代社会》，把它细读过而且加过评注。恩格斯也根据古代社会的资料，写出《家庭、私有制和国家的起源》。在《自然辩证法》一书中，恩格斯还详细论述了劳动在从猿到人转变过程中的作用，谈到了人手的演变，这对研究美学是特别重要的。古代社会不仅是家庭、私有制和国家政权的摇篮，而且也是宗教、神话和艺术的发祥地。数典不能忘祖，这笔账不能不算。

从人类学和古代社会的研究来看，艺术和美是怎样起源的呢？并不是起于抽象概念，而是起于吃饭穿衣、男婚女嫁、猎获野兽、打群仗来劫掠食物和女俘以及劳动生产之类日常生活实践中极平凡卑微的事物。中国的儒家有一句老话：“食、色，性也。”“食”就是保持个体生命的经济基础，“色”就是绵延种族生命的男女配合。艺术和美也最先见于食色。汉文“美”字就起于羊羹的味道，中外文都把“趣味”来指审美力。原始民族很早就很讲究美，从事艺术活动。他们用发亮耀眼的颜料把身体涂得漆黑或绯红，唱歌作乐和跳舞来吸引情侣，或庆祝狩猎、战争的胜利。关于这些，谷鲁斯（K.Groos）在《艺术起源》里讲得很详细，较易得到的普列汉诺夫的《没有地址的信》也可以参看。

在近代，人是心理学的主要研究对象。一个活人时时刻刻要和外界事物（自然和社会）打交道，这就是生活。生活是人从实践到认识，又从认识到实践的不断反复流转的发展过程。为着生活的需要，人在不断地改造自然和社会，同时也在不断地改造自己。心理学把这种复杂过程简化为刺激到反应往而复返的循环弧。外界事物刺激人的各种感觉神经，把映象传到脑神经中枢，在脑里引起对对象的初步感性认识，激发了伏根很深的本能和情感（如快感和痛感以及较复杂的情绪和情操），发动了采取行动来应付当前局面的思考和意志，于是脑中枢把感觉神经拨转到运动神经，把这意志转达到相应的运动器官，如手足肩背之类，使它实现为行动。哲学和心理学一向把这整个运动分为知（认识）、情（情感）和意（意志）这三种活动，大体上是正确的。

心理学在近代已成为一种自然科学，在过去是附属于哲学的。过去哲学家主要是意识形态制造者，他们大半只看重认识而轻视实践，偏重感觉神经到脑中枢那一环而忽视脑中枢到运动神经那一环，也就是忽视情感、思考和意志到行动那一环。他们大半止于认识，不能把认识转化为行动。不过这种认识也可以起指导旁人行动的作用。马克思《关于费尔巴哈的提纲》第十一条说："哲学家们只是用不同的方式解释世界，而问题在于改变世界"（出自《马克思恩格斯选集》第一卷，第19页，人民出版社1972年版），就是针对这些人说的。

就连在认识方面，较早的哲学家们也大半过分重视"理性"认识而忽视感性认识，而他们所理解的"理性"是先验的甚至是超验的，并没有感性认识的基础。这种局面到十七、八世纪启蒙运动中英国的培根和霍布斯等经验派哲学家才把它转变过来，把理性认识移置到感性认识的基础上，把理性认识看作是感性认识的进一步发展。英国经验主义在欧洲大陆上发生了深远影响，它是机械唯物主义的先驱，费尔巴哈就是一个著例。他"不满意抽象的思维而诉诸感性的直观，但是他把感性不是看作实践的、人类感性的活动"（马克思：《关于费尔巴哈的提纲》，《马克思恩格斯选集》第一卷，第

17页，人民出版社1972年版。“感性的”（Sinnlich），有“具体的”和“物质的”意思），对现实事物“只是从客体的或者直观的形式去理解，而不是把它们当作人的感性活动，当作实践去理解”，结果是人作为主体的感性活动、实践活动、能动的方面，却让唯心主义抽象地发展了。而且“他没有把人的活动本身理解为客体的活动”（马克思:《关于费尔巴哈的提纲》,《马克思恩格斯选集》第一卷，第16页，人民出版社1972年版。“客体的”原译为“客观的”，不妥）。这份《提纲》是马克思主义哲学的核心，但在用词和行文方面有些艰晦，初学者不免茫然，把它的极端重要性忽视过去。这里所要解释的主要是认识和实践的关系，也就是主体（人）和客体（对象）的关系。费尔巴哈由于片面地强调感性的直观（对客体所观照到的形状），忽视了这感性活动来自人的能动活动方面（即实践）。毛病出在他不了解人（主体）和他的认识和实践的对象（客体）既是相对立而又相依为命的，客观世界（客体）靠人来改造和认识。而人在改造客观世界中既体现了自己，也改造了自己。因此物（客体）之中有人（主体），人之中也有物。马克思批评费尔巴哈“没有把人的活动本身理解为客体的活动”。参加过五十年代国内美学讨论的人们都会记得多数人坚持"美是客观的"，我自己是从"美是主观的"转变到"主客观统一"的。当时我是从对客观事实的粗浅理解达到这种转变的，还没有懂得马克思在《提纲》中关于主体和客体统一的充满唯物辩证法的阐述的深刻意义。这场争论到现在似还没有彻底解决，来访或来信的朋友们还经常问到这一点，所以不嫌词费，趁此作一番说明，同时也想证明哲学（特别是马克思主义哲学）和心理学的知识对于研究美学的极端重要性。

谈到观点的转变，我还应谈一谈近代美学的真正开山祖康德这位主观唯心论者对我的影响，并且进行一点力所能及的批判。大家都知道，我过去是意大利美学家克罗齐的忠实信徒，可能还不知道对康德的信仰坚定了我对克罗齐的信仰。康德自己承认英国经验派怀疑论者休谟把他从哲学酣梦中震醒过来，但他始终没有摆脱他的"超验"理性或"纯理性"。在《判断力的批判》上部，康德对美进行了他的有名的分析。我在《西方美学史》第十二章里对他的分析结果作了如下的概括叙述：

审美判断不涉及欲念和利害计较，所以有别于

> 一般快感以及功利的和道德的活动，即不是一种实践活动；审美判断不涉及概念，所以有别于逻辑判断，即不是一种概念性认识活动；它不涉及明确的目的，所以与审美的判断有别，美并不等于（目的论中的）完善。
>
> 审美判断是对象的形式所引起的快感。这种形式之所以能引起快感，是因为它适应人的认识功能（即想象力和知解力），使这些功能可以自由活动并且和谐地合作。这种心理状态虽不是可以明确地认识到的，却是可以从情感的效果上感觉到的。审美的快感就是对于这种心理状态的肯定，它可以说是对于对象形式（客体）与主体的认识功能的内外契合……所感到的快慰。这是审美判断中的基本内容。

康德的这种美的分析有一个明显的致命伤。他把审美活动和整个人的其它许多功能都割裂出来，思考力、情感和追求目的的意志在审美活动中都从人这个整体中阉割掉了，留下来的只是想象力和知解力这两种认识功能的自由运用与和谐合作所产生的那一点快感。这两种认识功能如何自由运用与和谐合作，也还是一个不可知的秘密，因为他明确地说过“审美趣味方面没有客观规则”，艺术是“由自然通过天才来规定法则的”。他把美分为“纯粹的”和“依存的”两种，“美的分析”只针对“纯粹美”，到讨论“依存美”时，康德又把他原先所否定的因素偷梁换柱式地偷运回来，前后矛盾百出。就对象（客体）方面来看也是如此，他先肯定审美活动只涉及对象的形式，也就是说，与对象的内容无关；可是后来讨论“理想美”时却又说“理想是把个别事物作为适合于表现某一观念的形象显现”，这种“观念”就是“一种不确定的理性概念”，“它只能在人的形体上见出，在人的形体上，理想是道德精神的表现”。

指出如此等类的矛盾，并不是要把康德一棍子打死。康德对美学问题是经过深思熟虑的，发现其中有不少难解决的矛盾。他自己虽没有解决这些矛盾，却没有掩盖它们，而是认为可以激发后人的思考，推动美学的进一步发展。不幸的是后来他的门徒大半只发展了他的美只涉及对象的形式和主体的不带功利性的快感，即只涉及“美的分析”那一方面，而忽视了他对于“美的理想”、“依存美”和对“崇高”的分析那另一方面。因此就产生了“为艺术而艺术”，“形式主义”，克罗齐的“艺术即直觉”，“美学只管美感经验”，美感经验是“孤立绝缘的”（闵斯特堡）、和实际事物保持“距离”的（缪勒·弗兰因菲尔斯）以及“超现实主义”，象征派的“纯诗”运动，帕尔纳斯派的“不动情感”、“取消人格”之类五花八门的流派和学说，其中有大量的歪风邪气，康德在这些方面都是始作俑者。

近一百年中对康德持异议的也大有人在。例如康德把情感和意志排斥到美的领域之外，继起的叔本华就片面强调意志，尼采就宣扬狂歌狂舞、动荡不停的“酒神精神”和“超人”，都替后来德国法西斯暴行建立了理论基础。这种事例反映了帝国主义垂危时期的社会动荡和个人自我扩张欲念的猖獗。这个时期变态心理学开始盛行，主要的代表也各有一套美学或文艺理论，都明显地受到尼采和叔本华的影响。首屈一指的是弗洛伊德。他认为原始人类婴儿对自己父母的性爱和妒忌所形成的“情意综”（男孩对母亲的性爱和对父亲的妒忌叫做“俄狄浦斯情意综”，女孩对父亲的性爱和对母亲的妒忌叫做“厄勒克特拉情意综”）到了现在还暗中作祟，采取化装，企图在文艺中得到发泄。于是文艺就成了“原始性欲本能的升华”。弗洛伊德的门徒之一阿德勒却以个人的自我扩张欲（叫做“自我本能”）代替了性欲。自我本能表现于“在人上的意志”，特别是生理方面有缺陷的人受这种潜力驱遣，努力向上，来弥补这种缺陷。例如贝多芬、莫扎特和舒曼都有耳病，却都成了音乐大师。

像上面所举的这类学说现在在西方美学界还很流行，其通病和康德一样，都在把人这个整体宰割开来成为若干片段，单挑其中一块来，就说人原来如此，或是说，这一点就是打开人这个秘密的锁钥，也是打开美学秘密的锁钥。这就如同传说中的盲人摸象，这个说象是这样，那个说象是那样，实际上都不知道真象究竟是个啥样。

谈到这里，不妨趁便提一下，十九世纪以来西方美学界在研究方法上有机械观与有机观的分野。机械观来源于牛顿的物理学。物理学的对象本来是可以拆散开来分零件研究，把零件合拢起来又可以还原的。有机观来源于生物学和有机化学。有机体除单纯的物质之外还有生命，这就必须从整体来看，分割开来，生命就消灭了。解剖死尸，就无法把活人还原出来。机械观是一种形而上学，有机观就接近于唯物辩证法。上文所举的康德以来的一些美学家主要是持机械观的。当时美学界有没有持有机观的呢？为数不多，德国大诗人歌德便是一个著例，他在《搜藏家和他的伙伴们》的第五封信中有一段话是我经常爱引的：

> 人是一个整体，一个多方面的内在联系着的各种能力的统一体。艺术作品必须向人这个整体说话，必须适应人这种丰富的统一体，这种单一的杂多。

这就是有机观。这是伟大诗人从长期文艺创作和文艺欣赏中所得到的经验教训，不是从抽象概念中出来的。着重人的整体这种有机观，后来在马克思的《经济学哲学手稿》里得到进一步发展，为辩证唯物主义和历史唯物主义奠定了基础。关于这一点，我们在以后的信里还要详谈。

风行水上，自然成纹

chapter 4

形象思维与文艺的思想性

浪漫主义和现实主义

审美范畴中的悲剧性和喜剧性

结束语：：还须弦外有余音：

形象思维与文艺的思想性

形象思维的客观存在及其在文艺中的作用，在心理学和美学这些科学领域里应该说是早已有定论了。可是我国近年来却有人提出异议，否认文艺要用形象思维，甚至根本否认形象思维的存在。1977年1月，毛泽东同志《给陈毅同志谈诗的一封信》发表了。信中说："诗要用形象思维，不能如散文那样直说，所以比、兴两法是不能不用的。……宋人多数不懂诗是要用形象思维的，一反唐人规律，所以味同嚼蜡。"联系到新诗前途，信中还进一步指出："要作今诗，则要用形象思维方法，反映阶级斗争与生产斗争，古典绝不能要。"这个重要文件的发表，对于解决了国内早已引起争论的形象思维这一重大问题，是具有积极作用的，近三年来就已在文艺界和美学界产生了广泛的影响。目前辩论还正在继续进行。这是一个振奋人心的大好形势。

我在两篇文稿里曾较详细地谈过这场争论，现在再试用通俗语言来和诸位谈一谈我对这个问题的看法。

在第三封信《谈人》里我已约略谈到认识和实践的关系以及感性认识和理性认识的关系，现在不妨回顾一下，因为形象思维与此是密切相关的。什么叫做思维？思维就是开动脑筋来掌握和解决面临的客观现实生活中的问题。所以思维本身既是一种实践活动，又是一种认识活动。思维分为两个步骤：第一步是掌握具体事物的形象，如色、声、嗅、味、触之类感官所接触到的形式和运动都在头脑里产生一种映象。这是原始的感性认识，有种种名称，例如感觉、映象、观念或表象。把从感性认识所得来的各种映象加以整理和安排，来达到一定的目的，这就叫做形象思维。把许多感性形象加以分析和综合，求出每类事物的概念、原理或规律，这是从感性认识飞跃到理性认识，这种思维就是抽象思维或逻辑思维。

举个具体的例子来说，到北海公园散步，每前走一步都接触到一些具体事物，亭台楼阁呀，花草虫鱼呀，水光塔影呀，男男女女、老老少少呀，只要是我们注意到的，他们都在我们脑里留下一些映象，其中有一部分能引起我们兴趣的就储存在我们记忆里。在散步中我们也不断遇到一些实际生活的问题，走累了就想找个地方休息，口渴了就想喝点什么，看到游艇，就动了划船的念头，如此等等。解决这类具体问题，就要我们开动一下脑筋，进行一点思维，这种实际生活所引起的思维绝大部分都是形象思维。要休息吧，就想到某堆山石后某棵大树下的坐椅较安静，儿童游戏场附近较热闹，你的抉择要看你爱清静还是爱热闹；要喝茶吧，就想到茶在北海里不易得，啤酒也稀罕，就去喝点汽水算啦，如此等等。就连我这个整天做科研工作的老汉在这些场合也不去进行抽象思维，因为那里没有这个必要。我举逛北海的例子要说明的是形象思维确实存在，不单是文艺创作中，就连在日常生活中也是经常运用的；单是形象思维也不一定就产生文艺作品。

当然也有人逛北海会起作诗作画或写游记的兴致。北海里那么多的好风景和人物活动当然不能整个都放到诗或画里，总要凭自己思想感情的支配，从许多繁复杂乱的映象之中把某些自己中意而且也可使旁人中意的映象挑选出来加以重新组合和安排，创造出一个叫做“作品”的新的整体，即达·芬奇所说的“第二自然”。这就是文艺创作中的形象思维了。

在文艺创作过程中，一般都有个酝酿阶段，思想情感白热化阶段，还有一段斟酌修改阶段。白热化阶段是文艺创作活动的高峰，这是一种聚精会神的状态，这时心无二用，一般只专注在形象思维上，无暇分心到抽象思维上去。但是我们已多次强调过，人是一个有机整体，除了形象思维的能力之外，他还是抽象思维或逻辑推理的能力，也不能不在适当时机发挥作用，特别是在酝酿或准备阶段和作品形成后斟酌修改阶段，形象思维和抽象思维往往是交叉使用的。例如参观访问、搜集资料、整理资料都不完全是形象思维的事。你作诗或写剧本，决不会只为你自己享受，还要考虑到听众能不能接受，对他们的影响是好是坏，乃至朗诵员和演员的安排和训练，出版和纸张印刷供应之类问题。考虑到这些与文艺创作有关的广泛的实际问题，你就决不能不适应实际需要，参用一些抽象思维。再拿逛北海为例来说，假如你是个建筑师或园林设计师，要为改造北海定规划，制蓝图，你当然要考虑到北海作为一种艺术名胜如何才能美观，要进行一些形象思维，此外也要考虑到近代建筑作为一种工程科学的许多理论问题，以及作为经济设施的投资、材料供应、劳动力配备和吸引旅游者之类经济问题，决不能只在“为艺术而艺术”。

从此可见，形象思维和抽象思维在实际生活中和文艺创作中都既有联系又有分别。我们既不应认为只有形象思维才在文艺创作中起作用，也不应认为文艺创作根本用不着形象思维，或根本否认形象思维的存在。近三年的争论是由“批判形象思维论”引起的，批判“批判形象思维论”的文章中有许多独到见解，也偶尔有片面的错误的言论。分析一些错误看法的根源，大半在科学基本常识的缺乏。我想趁这个机会再强调一下科学基本常识对于研究美学的重要性。

最浅而易见的是语言学的常识。有人仿佛认为“形象思维”是胡编妄造，根本没有这回事，也有人认为这个词仿佛从别林斯基才开始用起，意思是“在形象中思维”（think in image）。实际上这个词在西文中就是Imagination，中译是“想象”。在西方，古代的菲罗斯屈拉特（公元170—245年），近代的英国经验派先驱培根都强调过想象在文艺创作中的重要作用。在中国，“想象”这个词，屈原在《远游》里，杜甫在《咏怀古迹》里都用过。情感和想象是西方浪漫运动中的两大法宝。在近代美学著作中从给“美学”命名的鲍姆嘉通，经过康德、黑格尔到克罗齐，所讨论的都主要是想象。俄国的别林斯基和德国的费肖尔两人才开始用“形象思维”来解释“想象”一词的意义。参加辩论者有人把俄文和德文中想当于英文think in image的短语译为“在形象中思维”，而且根据这种误解来大做其文章。这正如把I speak in English理解为“我在英文中说话”。这岂不是闹笑话么?

其次是历史和心理学的常识。正如感性认识是理性认识的基础，在历史发展中人类也从先有形象思维的能力，经过长期实践训练之后，才逐渐发展出抽象思维的能力。这有维柯的《新科学》和摩根的《古代社会》之类著作为证。原始社会处在人类的童年，人在童年尚在复演人类童年的历史，婴儿也是开始只会形象思维，要经过几年的训练和教育才学会抽象思维。这有瑞士心理学家皮亚杰的几部儿童心理学著作为证，诸位自己的幼年儿女也更可以为证。近在眼前，诸位如果对儿童进行一些观察和测验，对于美学研究会比读几部课本更有益，更切实。

最重要的还是缺乏马克思主义的常识。就拿形象思维这个问题来说吧，马克思在《政治经济学批判·导言》里早就说过：

> 任何神话都是用想象和借助想象以征服自然力，支配自然力，把自然力加以形象化；……希腊艺术的前提是希腊神话，也就是已经通过人民的幻想用一种不自觉的艺术方式加工过的自然和社会形式本身。这是希腊艺术的素材（《马克思恩格斯选集》第二卷，第113页，人民出版社1972年版。西文Phantasy（幻想）往往用作形象思维（Imagination）的同义词）。

这段话不但肯定了形象思维，而且说明了它在希腊神话和希腊艺术中的应用。

毛泽东同志在《矛盾论》里谈到神话时就引过这一段话，指出神话“乃是无数复杂的现实矛盾的互相变化对于人们所引起的一种幼稚的、想象的、主观幻想的变化”，“所以它们并不是现实之科学的反映”（均见《毛泽东选集》第一卷，第305页，人民出版社1967年版）。神话是“想象”而不是“科学的反映”，不就是神话这种原始艺术是形象思维而不是逻辑思维的产品吗？上引马克思和毛泽东同志的话，我们大家这些年来都学过无数遍，可是对付具体问题时就忘了，竟不起多大作用，而且还有人指责“形象思维论正是一个反马克思主义的认识论体系”，“不过是一种违反常识，背离实际胡编乱造而已”，这岂不应发人深省吗？

反对形象思维论者有一个公式：

表象（事物映象）→概念（即思想）→新的表象（新创造的形象，即典型化了的艺术作品）

这种论点显然认为由表象到表象见不出文艺的思想性，于是新旧表象之间插进去一个等于概念的思想。这样把艺术作品倒退到“表象”，既是贬低艺术，也是缺乏心理学和美学的常识。把“概念”看作文艺的思想性，就是公式化、概念化的文艺的理论根据。

谁也不能否认文艺要有思想性，但是问题在于如何理解文艺的思想性。文艺的思想性主要表现于马克思主义创始人经常提到的倾向性（Tendanz）。倾向性是一种总的趋向，不必作为明确的概念性思想表达出来，而应该具体地形象地隐寓于故事情节发展之中。这是马克思主义创始人关于思想性教导的总结。恩格斯在给玛·哈克奈斯的信里，批评了《城市姑娘》不是“充分的现实主义的”，但并没有批评她不去

“鼓吹作者的社会观点和政治观点”（这就是明白说出作者的概念性的思想——引者注），相反倒是说：“作者的见解（即社会观点和政治观点——引者注）愈隐蔽，对艺术作品来说就愈好，我所指的现实主义甚至可以违背作者的见解而表露出来”（《马克思恩格斯选集》第4卷，第462页，人民出版社1972年版）。巴尔扎克就是恩格斯所举的例证。我们也可以举托尔斯泰为例。这位伟大的小说家确实没有隐蔽他的见解，他一生都在宣扬人对基督的爱和人与人的爱，个人道德修养和反对暴力抵抗。这些都不是什么进步思想。为什么列宁说他是“俄国革命的镜子”呢？他鼓吹过俄国革命吗？没有。列宁作出这样的评价，并不是因为他宣扬了一些不正确的思想，而是因为他忠实地描绘了当时俄国农民革命中农民的矛盾状态和情绪。列宁是把他称为农民革命的“一面镜子”，而没有把他称为革命的“号角”或“传声筒”，而且批判了他的思想矛盾。托尔斯泰在文艺上的胜利可以说也就是巴尔扎克的胜利，即“现实主义的伟大胜利”。一个作家只要把一个时代的真实面貌忠实地生动地描绘出来，使人们感到有“山雨欲来风满楼”之势（这就是“倾向性”的意义），认识到或预感到革命非到来不可，他就作出了伟大的贡献，不管他表现出或没有表现出什么概念性的思想。这就是“现实主义的伟大胜利”，巴尔扎克如此，托尔斯泰也是如此。

恩格斯在给敏·考茨基的信里还说过：“我认为倾向应当从场面和情节中自然而然地流露出来，而不应当特别把它指点出来”(《马克思恩格斯选集》第4卷，第454页，人民出版社1972年版)。这就是说，倾向不应作为作者的主观见解，而应作为所写出的客观现实的趋势，自然而然地表现出来。这样理解“倾向”或思想性，和上文所引的巴尔扎克和托尔斯泰的例子也是符合的。

用一个粗浅的比喻来说，如人饮水，但尝到盐味，见不到盐粒，盐完全溶解在水里。咸是客观事实，不是你要它咸它就咸。

不但表现在文艺作品中如此，世界观的总倾向表现在一个文艺作家身上也是如此。它不是几句抽象的口号教条所能表现出的，要看他的具体的一言一行。一个作家总有一种倾向，这种倾向是他毕生生活经验、文化教养和时代风尚所形成的。它总是思想和情感交融的统一体，形成他的人格的核心。也就是在这个意义上，文艺的“风格就是人格”。例如就人格来说，“忠君爱国”这个抽象概念可以应用到屈原、杜甫、岳飞、文天祥和无数其他英雄人物身上，但是显不出这些大诗人各自的具体情况和彼此之间的差异，也就不能作为评价他们的文艺作品的可靠依据。在西方，“人道主义”这一抽象概念也是如此。文艺复兴进代，法国革命时代，帝国主义时代，乃至无产阶级革命导师马克思都宣扬或者肯定过人道主义，但是具体的内容意义各不相同。这就是为什么我们在文艺领域里反对教条和公式化、概念化，反对用概念性思想来指导、约束甚至吞并具体的形象思维。文艺作品要有理，理不是概念而是事物的本质或客观形势本身发展的倾向。还应指出，文艺不但要有理，而且要有情，情理交融的统一体才形成人格，才形成真正伟大的文艺作品。这种情理交融的统一体就是黑格尔所说的“情致”（Pathos）。别林斯基在他的文艺论文里也发挥了黑格尔关于“情致”的学说。近年来苏联美学界和文艺批评界有片面强调理性而蔑视情感的倾向，我们也跟着他们走，有时甚至超过他们，这是应该纠正的偏差。提“倾向性”似比提“思想性”较妥，因为在决定偏向之中，情感有时还比思想起更大的作用。最显著的例子是音乐。“四人帮”肆虐时曾掀起过对“无标题音乐”的批判，因为据说“无标题”就是否定思想性。对此，德国伟大音乐家休曼的话是很好的驳斥：

> 批评家们老是想知道音乐家们无法用语言文字表达出来的东西。他们对所谈的问题往往十分没有懂得一分。上帝啊！将来会有那么一天，人们不再追问我们神圣的乐曲背后隐寓着什么意义么？你且先把五度音程辨认清楚吧，别再来干扰我们的安宁！

隐寓的“意义”便是“思想”。思想是要用语言文字来表达，而音乐本身不用语言文字，它只是音调节奏起伏变化的艺术。音调节奏起伏变化是和情感的起伏变化相对应的，所以音乐所表现的是情感而不是只有语言文字才能表达出的思想。托尔斯泰在《艺术论》里强调文艺的作用在传染情感，这是值得我们深思的。

不但在音乐里，就连在作为语言艺术的文学里最感动人的也不是概念性思想而是生动具体的情感。如拿莎士比亚为例，你能从他的哪一部作品里探索出一些概念性的思想么？确实有些批评家进行过这种探索，所得到的结论不过是他代表了文艺复兴时代的人道主义精神，更具体一点也不过象英国美学家克·考德威尔（克·考德威尔，英国进步作家，企图用马克思主义观点来研究文艺和美学。《幻觉与现实》是他的名著，其中分析过莎士比亚的剧作）。所说的，莎士比亚在政治倾向上要求英国有一个能巩固新兴资产阶级政权的强有力的君主。就是这些概念（你自己也许还在将信将疑）使你受到感动和教育吗？就我个人来说，我至今还抓不住莎士比亚的思想体系，假如他有的话。在读他的作品时，首先是他所写出的生动具体的典型环境下典型人物性格，其次是每部剧本里，特别在悲剧里，都表现出强烈的情感，强烈的爱和恨，强烈的悲和喜，强烈的憧憬和怅惘，强烈的讽刺和谑浪笑傲，就是这些因素使我感到振奋，也使我感动苦闷。振奋也好，苦闷也好，心总在跳动，生命总在活跃地显出它的力量，这对于我就可心满意足了。阿门！

附记：

形象思维是一切艺术的主要的思维方式，不限于诗，也不限于比、兴。赋（直陈其事）也要用形象思维。姑举古代民歌《箜篌引》为例：

“公毋渡河，公竟渡河，渡河而死，将奈公何！”

这就是直陈其事，是一首三部曲的挽歌，完全使用形象思维，声泪俱下，感染力很强。我特别写这几句附记，因为近代文艺作品主要是散文作品，如果专就中国的诗中的比、兴着眼，就难免忽视形象思维在近代小说和戏剧中的重要作用。

浪漫主义和现实主义

朋友们：

浪漫主义和现实主义是一个极难谈而又不能不谈的问题。难谈，因为这两个词都是在近代西方才流行，而西方文艺史家对谁是浪漫主义派谁是现实主义派并没有一致的意见。例如斯汤达尔和巴尔扎克都是公认的现实主义大师，而朗生在他的著名的《法国文学史》里，却把他们归到"浪漫主义小说"章，丹麦文学史家布兰代斯在他的名著《十九世纪欧洲文学主潮》里也把这两位现实主义大师归到"法国浪漫派"。再如福楼拜还公开反对过人们把他尊为现实主义的主教：

大家都同意称为“现实主义”的一切东西都和我毫不相干，尽管他们要把我看作一个现实主义的主教。……自然主义者所追求的一切都是我所鄙弃的。……我所到处寻求的只是美。

值得注意的是福楼拜和一般法国人当时都把现实主义和自然主义看作一回事。以左拉为首的法国自然主义派也自认为是现实主义派。朗生在《法国文学史》里也把福楼拜归到“自然主义”卷里。我还想不起十九世纪有哪一位大作家把“浪漫主义”或“现实主义”的标签贴在自己身上。

这问题难谈，还有涉及更实质性的一面，就是没有哪一位真正伟大的作家是百分之百的浪漫主义者或百分之百的现实主义者，实在很难在他们身上贴个名副其实的标签。关于这一点，高尔基在《我怎样学习写作》里说得最好：

在谈到像巴尔扎克、屠格涅夫、托尔斯泰、果戈理……这些古典作家时，我们就很难完全正确地说出，——他们到底是浪漫主义者，不是现实主义者。在伟大的艺术家们身上，现实主义和浪漫主义

好象永远是结合在一起的。（高尔基：《论文学》，第163页，人民文学出版社1978年版）

姑举莎士比亚和歌德这两位人所熟知的大诗人为例。莎士比亚是近代浪漫运动的一个很大的推动力，过去文学史家们常把他的戏剧看作和“古典型戏剧”相对立的“浪漫型戏剧”，而近来文学史家们却把莎士比亚尊为“伟大的现实主义者”。究竟谁是谁非呢？两说合起来看都对，分开来孤立地看，就都不对。可是我们的文学史家和批评家们在苏联的影响之下，往往把现实主义和浪漫主义割裂开来，随意在一些伟大的作家身上贴上片面的标签。而且由于客观主义在我们中间有较广泛的市场，现实主义又错误地和客观主义混淆起来，因而就比主观色彩较浓的浪漫主义享有较高的荣誉。只要是个人作家，哪怕浪漫主义色彩很浓的诗人，例如拜伦、雪莱和普希金，都成了只是现实主义者，他们的浪漫主义的一面就硬被抹煞掉了。这是对历史事实的歪曲，在读者中容易滋生误解。所以这个难问题还不能不谈。

浪漫主义和现实主义的区分，作为文艺流派和作为创作方法，是应该分别清楚的。作为创作方法，它适用于各个时代和各个民族；作为文艺流派，它只限于十八世纪末到十九世纪末的一个短暂的时间。过去西方常谈的是古典主义和浪漫主义，很少谈浪漫主义和现实主义，歌德就是一个著例。他在1830年3月21日这样说过：

古典诗和浪漫诗的概念现已传遍全世界，引起许多争执和分歧。这个概念起源于席勒和我两人。我主张诗应采取从客观世界出发的原则，认为只有这种创作方法才可取。但是席勒却用完全主观的方法去写作，认为只有他那种创作方法才是正确的。为了针对我来为他自己辩护，席勒写了一篇论文，题为《论素朴的诗和感伤的诗》。他想向我证明：我违反了自己的意志，实在是浪漫的，说我的《伊菲革涅亚》由于情感占优势，并不是古典的或符合古代精神的，如某些人所相信的那样。施莱格尔弟兄（当时德国著名的文学史家和文艺批评家）抓住这个看法把它加以发挥，因此它就在世界传遍了，目前人人都在谈古典主义和浪漫主义，这是五十年前没有人想得到的区别。（《歌德谈话录》，第221页，人民文学出版社1978年版）

这是涉及本题的最早的也是最重要的文献。歌德本人是标榜古典主义者，而依他的说明，古曲主义“从客观世界出发”，所以就是现实主义。席勒“完全用主观的方法”创作，所以是走浪漫主义道路的。

歌德所谈到的席勒的长篇论文对本题也特别重要。席勒从人与自然的关系来区别古典诗（即素朴的诗）与浪漫诗（即感伤的诗）。他认为在希腊古典时代，人与自然一体，共处相安，人只消把自然加以人化或神化，就产生素朴的诗；近代人已与自然分裂，眷念人类童年（即古代）的素朴状态，就想“回到自然”，已去者不可复返，于是心情怅惘，就产生感伤的诗。素朴诗人所反映的是直接现实，感伤诗人却表现由现实提升上去的理想。依席勒看，古典主义和浪漫主义的对立就是现实主义与理想主义的对立。古典主义就是现实主义，这是他和歌德一致的；浪漫主义就是理想主义，这却是他的独特的看法。值得特别注意的是席勒在这篇论文里第一次在文艺上用了“现实主义”这个词（过去只用于哲学）。

无论是歌德还是席勒，都把浪漫主义和古典主义（实即现实主义）当作文艺创作方法来看，还没有把它们当作文艺流派来看，因为当时流派还没有正式形成。从历史发展看，浪漫运动起来较早，是西方资产阶级上升时期个人自由和自我扩张的思想的反映，是政治上对封建领主和基督教会联合统治的反抗，文艺上对法国新古典主义的反抗。这次反抗运动是由法国启蒙运动掀起的，继起的法国大革命又对它增加了巨大推动力，德国唯心主义哲学对它也起了很大的影响。德国古典哲学（包括美学）本身就是思想领域的浪漫运动。单就美学来说，康德、黑格尔和席勒等人对崇高、悲剧性、天才、自由和个性特征的研究，特别是把文艺放在历史发展的大轮廓里去看的初步尝试，都起了解放思想的作用，提高了人的尊严，深化了人们对于文艺的理解和敏感。由于德国古典哲学是唯心的，把精神和物质的关系首尾倒置，而且把主观能动性摆在不恰当的高度，放纵情感，驰骋幻想，到了漫无约束的程度，产生了施莱格尔所吹嘘的“浪漫式的滑稽态度”，把世间一切看作诗人凭幻想任意摆弄的玩具。

浪漫主义又可分积极的和消极的两派。这个分别是首先由高尔基在《谈谈我怎样学习写作》里指出的：

在浪漫主义里面，我们也必须分别清楚两个极端不同的倾向：一个是消极的浪漫主义——它或则

> 是粉饰现实，想使人和现实妥协；或则是使人逃避现实，堕入自己内心世界的无益的深渊中去，堕入“人生命运之谜”，爱与死等思想去。……[另一个是]积极的浪漫主义，则企图加强人的生活意志，唤起人心中对现实及其一切压迫的反抗心。

从此可见，这两种倾向的差别主要是人生观和政治立场的差别，有它的阶级内容。这当然是正确的，资产阶级文学史家们一般蔑视这种分别，是为着要掩盖社会矛盾，为现存制度服务。不过这个分别也不宜加以绝对化，积极的浪漫主义派往往也有消极的一面，消极的浪漫派往往也有积极的一面，应就具体情况作具体分析。例如在英国多数人眼中，在华兹华斯、雪莱和拜伦这三位浪漫派诗人之中，华兹华斯的地位最高，其次才是雪莱和拜伦，可是由于我们的文学史家们把雪莱和拜伦摆在积极的浪漫主义派，甚至摆在现实主义派，把华兹华斯摆在消极的浪漫主义派，甚至一棍子打死，根本不提，这不见得是公允的，或符合马克思主义的。

现实主义作为流派，单就起源来说，在西方比浪漫运动较迟，它反映资本主义社会弊病日益显露，资产阶级的幻想开始破灭。科学随工商业的发达所带来的唯物主义和实证主义对它也起了作用。它本身是对于浪漫运动的一种反抗。它不像浪漫运动开始时那样大吹大擂，而是静悄悄地登上历史舞台的。就连现实主义（Realism）的称号比起现实主义流派的实际存在还更晚。上文提到的席勒初次使用的“现实主义”指希腊古典主义，与近代现实主义流派不是一回事。作为流派而得到“现实主义”这个称号是在1850年，一位并不出名的法国小说家向佛洛里（Chamflaury），和法国画家库尔柏（Courbet）和多弥耶（Daumier）等人办了一个以《Realisme》（现实主义）为名的刊物。他们倒提出了一个口号“不美化现实”，显然受到荷兰画家伦勃朗等人（惯画平凡的甚至丑陋的老汉、村妇或顽童）的画风的影响。当时不但浪漫运动已过去，就连现实主义的一些西欧大师也已完成了他们的杰作，不可能受到这个只办了六期的“现实主义”刊物的影响。

对现实主义文艺提供理论基础的有两种著作值得一提。一种是斯汤达的论文《拉辛和莎士比亚》（可参看王道乾的译文，上海译文出版社1979年版），这部著作被某些文学史家称为“现实主义作家宣言”，其实它的主旨是攻击新古典主义代表拉辛而推尊“浪漫型戏剧”开山祖莎士比亚的。他的名著《红与黑》的浪漫主义色彩也还很浓。另一种是实证主义派泰纳的《艺术哲学》（可参看傅雷的译文，人民文学出版社1963年版）。泰纳是应用心理学和社会学来研究美学的一位先驱，代表作是《论智力》，已为《艺术哲学》打下基础。他的基本观点是文艺的决定因素不外种族、环境（即他所谓“社会圈子”）和时机三种。他还认为文艺要表现人类长久不变的本质特征，而人性中对社会最有益的特征是孔德所宣扬的爱。不过泰纳的主要著作都在十九世纪后半期才出版，也不能看作现实主义者预定的纲领。

法国人向来把现实主义叫做“自然主义”。不过法国以外的文学史家们一般却把现实主义和自然主义严格分开，而且“自然主义”多少已成为一个贬词，成为现实主义的尾巴或庸俗化。它在法国的开山祖的主要代表的左拉，他把实证科学过分机械地搬到小说创作里去。他很崇拜贝尔纳的《实验医学研究》，于是就企图运用这位医师的方法来建立所谓“实验小说”。他说：

在每一点上我都要把贝尔纳做靠山。我一般只消把“小说家”这个名称来代替“医生”这个名称，以便把我的思想表达清楚，使它具有科学真理的精确性（《实验小说》法文版，第2页）。

这里所说的“科学真理的精确性”实际上是指自然现象细节的真实性，而不要求抓住客观事物的本质。左拉在他的《卢贡家族的家运》里对一个家族及其所住的小镇市作了一百几十页的烦琐描述，可以为证。自然现象细节的真实性并不等于客观事物的本质和典型化。真正的现实主义所要求的是从具体客观事物出发，去伪存真，去粗取精，对客观事物加以典型化或现象化，显出客观事物的本质和规律，而自然主义虽然也从具体客观事物出发，却满足于依样画葫芦，特别侧重浮面现象的细节，这是现实主义和自然主义的基本分歧。

谈到现实主义，还要说明一下文学史家们所惯用的一个名词：“批判现实主义”。首创这个名词的是高尔基。他在一次和青年作家的谈话中，把近代现实主义作家称为资产阶级的“浪子”，指出他们用的是批判现实主义，其特点是：

……除了揭发社会恶习，描写家族传统、宗教教条和法规压制下的个人的生活和冒险外，它不能给人指出一条出路，它很容易地安于现状。

这是不是说批判现实主义是现实主义流派中一个支派呢？恐怕不能这样看。十八、九世纪的现实主义大师们一般都是“资产阶级浪子”，都起了“揭发社会恶习”的作用，却也都没有“指出一条出路”！高尔基正是在肯定他们的功绩时，指出了他们的缺陷。

从上文所谈的可以看出：现实主义和浪漫主义作为流派与作为创作方法虽有联系，却仍应区别开来。作为流派，它在西方限于十八世纪末期到十九世纪末期，不过有一百年左右的历史。这是特定社会民族的特定时期的历史产物，我们不应把这种作为某一民族、某一时期流派的差别加以普遍化，把它生硬地套到其它时代的其它民族的文艺上去。可是在我们的文学史家们之中，这种硬套办法还很流行，说某某作家是浪漫主义派，某某作家是现实主义派。作为创作方法，任何民族在任何时期都可以有侧重现实主义与侧重浪漫主义之分。像歌德和席勒等人早就说过的，现实主义从客观现实世界出发，抓住其中本质特征，加以典型化；浪漫主义侧重从主观内心世界出发，情感和幻想较占优势。这两种创作方法的基本区别倒是普遍存在的。亚理斯多德在《诗学》第二十五章就已指出三种不同的创作方法：

> 像画家和其他形象创造者一样，诗人既然是一种摹仿者，他就必然在三种方式中选择一种去摹仿事物：按照事物本来的样子去摹仿，按照事物为人所说所想的样子去摹仿，或是照事物的应当有的样子去摹仿。

这三种之中第二种专指神话传说的创作方法，暂且不谈，第一种“按照事物本来的样子去摹仿”便是现实主义，第三种“照事物应当有的样子去摹仿”，从前一般叫做“理想主义”，也可以说就是浪漫主义，因为“理想”仍是人们主观方面的因素。

不过过去人们虽早已看出这种分别，却没有在这上面大做文章。等到十八、九世纪作为流派的浪漫主义和现实主义各树一帜，互相争执，于是原先只是自在的分别便变成自觉的分别了。文艺史家和批评家抓住这个分别来捡查过去文艺作品，也就把它们分派到两个对立的阵营中去了。例如有人说在荷马的两部史诗之中，《伊利亚特》是现实主义的，而《奥德赛》却是“浪漫主义”的，并且有人因此断定《奥德赛》的作者不是荷马而是一位女诗人，大概是因为女子较富于浪漫气息吧?

我个人仍认为两种创作方法虽然是客观存在，却不宜过分渲染，使旗帜那样鲜明对立。我还是从主客观统一的观点来看待这个问题。诗是反映客观事物的，而反映客观事物却要通过进行创作的诗人，这里有人有物，有主体，有客体，缺一不行。这问题的正确答案还是所引过的高尔基的那段话，不妨重复一下其中关键性的一句：

> 在伟大的艺术家们身上，现实主义和浪漫主义时常好像是结合在一起的。

高尔基曾指责批判现实主义“不能给人指出一条出路”，出路何在？当然在革命。所以在我们的社会主义时代，我还是坚信毛泽东同志的“革命的现实主义与革命的浪漫主义相结合”的主张。是否随苏联提“社会主义现实主义”较好呢？我还没有想通，一，为什么单提现实主义而不提浪漫主义呢？二，如果涉及过去文艺史，是否也应在“现实主义”之上安一个“奴隶社会”、“封建社会”或“资本主义”的帽子呢？对这个问题我才开始研究，还不敢下结论。这也是一个重要问题，请诸位也分途研究一下。

审美范畴中的悲剧性和喜剧性

朋友们：

诸位来信有问到审美范畴的。范畴就是种类。审美范畴往往是成双对立而又可以混合或互转的。例如与美对立的有丑，丑虽不是美，却仍是一个审美范畴。讨论美时往往要联系到丑或不美，例如马克思在《经济学哲学手稿》里就提到劳动者创造美而自己却变成丑陋畸形。特别在近代美学中丑转化为美已日益成为一个重要问题。丑与美不但可以互转，而且可以由反衬而使美者愈美，丑者愈丑。我们在第二封信里就已举例约略谈到丑转化为美以及肉体丑可以增加灵魂美的问题。这还涉及自然美和艺术美的差别和关系的问题。对这类问题深入探讨，可以加深对辩证唯物主义的理解。

美与丑之外，对立而可混合或互转的还有崇高和秀美以及悲剧性与喜剧性两对审美范畴。既然叫做审美范畴，也就要隶属于美与丑这两个总的范畴之下。崇高（亦可叫做“雄伟”）与秀美的对立类似中国文论中的“阳刚”与“阴柔”。我在旧著《文艺心理学》第十五章里曾就此详细讨论过。例如狂风暴雨、峭岩悬瀑、老鹰古松之类自然景物以及莎士比亚的《李尔王》、米开朗琪罗的雕刻和绘画、贝多芬的《第九交响曲》、屈原的《离骚》、庄子的《逍遥游》和司马迁的《项羽本纪》、阮籍的《咏怀》、李白的《古风》一类文艺作品，都令人起崇高或雄伟之感。春风微雨、娇莺嫩柳、小溪曲涧荷塘之类自然景物和赵孟頫的字画、《花间集》、《红楼梦》里的林黛玉、《春江花月夜》乐曲之类文艺作品都令人起秀美之感。崇高的对象以巨大的体积或雄伟的精神气魄突然向我们压来，我们首先感到的是势不可当，因而惊惧，紧接着这种自卑感就激起自尊感，要把自己提到雄伟对象的高度而鼓舞振奋，感到愉快。所以崇高感有一个由不愉快而转化到高度愉快的过程。一个人多受崇高事物的鼓舞可以消除鄙俗气，在人格上有所提高。至于秀美感则是对娇弱对象的同情和宠爱，自始至终是愉快的。刚柔相济，是人生应有的节奏。崇高固可贵，秀美也不可少。这两个审美范畴说明美感的复杂性，可以随人而异，也可以随对象而异。

至于悲剧和喜剧这一对范畴在西方美学思想发展中一向就占据特别重要的地位，这方面的论著比任何其它审美范畴的都较多。我在旧著《文艺心理学》第十六章“悲剧的喜感”里和第十七章“笑与喜剧”里已扼要介绍过，在新著《西方美学史》里也随时有所陈述，现在不必详谈。悲剧和喜剧都属于戏剧，在分谈悲剧与喜剧之前，应先谈一下戏剧总类的性质。戏剧是对人物动作情节的直接摹仿，不是只当作故事来叙述，而是用活人为媒介，当着观众直接扮演出来，所以它是一种最生动鲜明的艺术，也是一种和观众打成一片的艺术。人人都爱看戏，不少的人都爱演戏。戏剧愈来愈蓬勃发展。黑格尔曾把戏剧放在艺术发展的顶峰。西方几个文艺鼎盛时代，例如古代的希腊，文艺复兴时代的英国、西班牙和法国，浪漫运动时代的德国都由戏剧来领导整个时代的文艺风尚。我们不禁要问：戏剧这个崇高地位是怎样得来的？要回答这个问题，还要“数典不能忘祖”。不但人，就连猴子鸟雀之类动物也爱摹仿同类动物乃至人的声音笑貌和动作来做戏。不但成年人，就连婴儿也爱摹仿所见到的事物来做戏，表现出离奇而丰富的幻想，例如和猫狗乃至桌椅谈话，男孩用竹竿当作马骑，女孩装着母亲喂玩具的奶。这些游戏其实就是戏剧的雏形，也是对将来实际劳动生活的学习和训练。多研究一下“儿戏”，就可以了解关于戏剧的许多道理。首先是儿童从这种游戏中得到很大的快乐。这种快乐之中就带有美感。人既然有生命力，就要使他的生命力有用武之地，就要动，动就能发挥生命力，就感到舒畅；不动就感到“闷”，闷就是生命力被堵住，不得畅通，就感到愁苦。汉语“苦”与“闷”连用，“畅”与“快”连用，是大有道理的。马克思论劳动，也说过美感就是人使各种本质力量能发挥作用的乐趣。人为什么爱追求刺激和消遣呢？都是要让生命力畅通无阻，要从不断活动中得到乐趣。因此，不能否定文艺（包括戏剧）的消遣作用，消遣的不是时光而是过剩的精力。要惩罚囚犯，把他放在监狱里还戴上手铐脚镣，就是逼他不能自由动弹而受苦，所以囚犯总是眼巴巴地望着“放风”的时刻。我们现在要罪犯从劳动中得到改造，这是合乎人道主义的。我们正常人往往进行有专责的单调劳动，只有片面的生命力得到发挥，其它大部分生命力也遭到囚禁，难得全面发展，所以也有定时“放风”的必要。戏剧是一个最好的“放风”渠道，因为其它艺术都有所偏，偏于视或偏于听，偏于时间或偏于空间，偏于静态或偏于动态，而戏剧却是综合性最强的艺术，以活人演活事，使全身力量都有发挥作用的余地，而且置身广大群众中，可以有同忧同乐的社会感。所以戏剧所产生的美感在内容上是最复杂、最丰富的。

无论是悲剧还是喜剧，作为戏剧，都可以产生这种内容最复杂也最丰富的美感。不过望文生义，悲喜毕竟有所不同，类于悲剧的喜感，西方历来都以亚理斯多德在《诗学》里的悲剧净化论为根据来进行争辩或补充。依亚理斯多德的看法，悲剧应有由福转祸的结构，结局应该是悲惨的。理想的悲剧主角应该是“和我们自己类似的”好人，为着小过失而遭到大锅，不是罪有应得，也不是完全无过错，这样才既能引起恐惧和哀怜，又不至使我们的正义感受到很大的打击。恐惧和哀怜这两种悲剧情感本来就是不健康的，悲剧激起它们，就导致它们的“净化”或“发散”（Katharsis），因为像脓包一样，把它戳穿，让它发散掉，就减轻它的毒力，所以对人在心理上起健康作用。这一说就是近代心理分析派弗洛伊德（S.Freud）的“欲望升华”或“发散治疗”说的滥觞。依这位变态心理学家的看法，人心深处有些原始欲望，最突出的是子对母和女对父的性欲，和文明社会的道德法律不相容，被压抑到下意识里形成“情意综”，作为许多精神病例的病根。但是这种原始欲望也可采取化装的形式，例如神话、梦、幻想和文艺作品往往就是原始欲望的化装表现。弗洛伊德从这种观点出发，对西方神话、史诗、悲剧乃至近代一些伟大艺术家的作品进行心理分析来证明文艺是“原始欲望的升华”。这一说貌似离奇，但其中是否包含有合理因素，是个尚待研究的问题。他的观点在现代西方还有很大的影响。

此外，解释悲剧喜感的学说在四方还很多，例如柏拉图的幸灾乐祸说，黑格尔的悲剧冲突与永恒正义胜利说，叔本华的悲剧写人世空幻、教人退让说，尼采的悲剧为酒神精神和日神精神的结合说。这些诸位暂且不必管，留待将来参考。

关于喜剧，亚理斯多德在《诗学》里只留下几句简短而颇深刻的话：

> 喜剧所摹仿的是比一般人较差的人物。“较差”并不是通常所说的“坏”（或“恶”），而是丑的一种形式。可笑的对象对旁人无害，是一种不至引起痛

感的丑陋或乖讹。例如喜剧的面具既怪且丑，但不至引起痛感。

这里把“丑”或“可笑性”作为一种审美范畴提出，其要义就是“谑而不虐”。不过这只是现象，没有说明“丑陋或乖讹”何以令人发笑，感到可喜。近代英国经验派哲学家霍布斯提出“突然荣耀感”说作为一种解释。霍布斯是主张性恶论的，他认为“笑的情感只是在见到旁人的弱点或自己过去的弱点时突然想起自己的优点所引起的‘突然荣耀感’”，觉得自己比别人强，现在比过去强。他强调“突然”，因为“可笑的东西必定是新奇的，不期然而然的”。

此外关于笑与喜剧的学说还很多，在现代较著名的有法国哲学家柏格森的《笑》（Le Rire）。他认为笑与喜剧都起于“生命的机械化”。世界在不停地变化，有生命的东西应经常保持紧张而有弹性，经常能随机应变。可笑的人物虽有生命而僵化和刻板公式化，“以不变应万变”，就难免要出洋相。柏格森举了很多例子。例如一个人走路倦了，坐在地上休息，没有什么可笑，但是闭着眼睛往前冲，遇到障碍物不知回避，一碰上就跌倒在地上，这就不免可笑。有一个退伍的老兵改充堂倌，旁人戏向他喊："立正！'他就慌忙垂下两手，把捧的杯盘全都落地打碎，这就引起旁人大笑。依柏格森看，笑是一种惩罚，也是一种警告，使可笑的人觉到自己笨拙，加以改正。笑既有这样实用目的，所以它引起的美感不是纯粹的。"但笑也有几分美感，因为社会和个人在超脱生活急需时把自己当作艺术品看待，才有喜剧。"

现代值得注意的还有已提到的弗洛伊德的"巧智与隐意识"，不过不是三言两语可以介绍清楚的。他的英国门徒谷列格（Greig）在1923年编过一部笑与喜剧这个专题的书目就有三百几十种之多。诸位将来如果对这个专题想深入研究，可以参考。

我提出悲剧和喜剧这两个范畴作为最后一封信来谈，因为戏剧是文艺发展的高峰，是人民大众所喜闻乐见的综合性艺术。从电影剧、电视剧乃至一般曲艺的现状来看，可以预料到愈到工业化的高度发展的时代，戏剧就愈有广阔而光明的未来。社会主义时代是否还应该有悲剧和喜剧呢？在苏联，这个问题早已提出，可参看卢那察尔斯基的《论文学》（可参看蒋路的译文，人民文学出版社1978年版）中"社会主义现实主义"章。近来我国文艺界也在热烈讨论这个问题。这是可喜的现象。我读过有关这些讨论的文章或报告，感到有时还有在概念上兜圈子的毛病，例如恩格斯在复拉萨尔的信里是否替悲剧下过定义，我们所需要的是否还是过去的那种悲剧和喜剧之类。有人还专从阶级斗争观点来考虑这类问题，有时也不免把问题弄得太简单化了。我们还应该多考虑一些具体的戏剧名著和戏剧在历史上的演变。

从西方戏剧发展史来看，我感到把悲剧和喜剧截然分开在今天已不妥当。希腊罗马时代固然把悲剧和喜剧的界限划得很严，其中原因之一确实是阶级的划分。上层领导人物才做悲剧主角，而中下层人物大半只能侧身于喜剧。到了文艺复兴时代资产阶级（所谓“中层阶级”）已日渐登上政治舞台，也就要求登上文艺舞台了，民众的力量日益增强了，于是悲剧和喜剧的严格划分就站不住了。英国的莎士比亚和意大利的瓜里尼（G.Guarini）不约而同地创造出悲喜混杂剧来。瓜里尼还写过一篇《悲喜混杂剧体诗的纲领》，把悲喜混杂剧比作“寡头政体和民主政体相结合的共和政体”。这就反映出当时意大利城邦一般人民要和封建贵族分享政权的要求。莎士比亚的悲喜混杂剧大半在主情节（main plot）之中穿插一个副情节（sub-plot），上层人物占主情节，中下层人物则侧居副情节。如果主角是君主，他身旁一般还有一两个喜剧性的小丑，正如塞万提斯的传奇中堂吉诃德之旁还有个桑柯·潘。这部传奇最足以说明悲剧与喜剧不可分。堂吉诃德本人既是一个喜剧人物，又是一个十分可悲的人物。到了启蒙运动时在狄德罗和莱辛的影响之下，市民剧起来了，从此就很少有人写古典型的悲剧了。狄德罗主张用“严肃剧”来代替悲剧，只要题材重要就行，常用的主角不是达官贵人而是一般市民，有时所谓重要题材也不过是家庭纠纷。愈到近代，科学和理智日渐占上风，戏剧已不再纠缠在人的命运或诗的正义这些方面的矛盾，而要解决现实世界所面临的一些问题，于是易卜生和肖伯纳式的“问题剧”就应运而起。近代文艺思想日益侧重现实主义，现实世界的矛盾本来很复杂，纵横交错，很难严格区分为悲喜两个类型。就主观方面来说，有人偏重情感，有人偏重理智，对戏剧的反应也有大差别。我想起法国人有一句名言：“世界对爱动情感的人是个悲剧，对爱思考的人是个喜剧。”上文我已提到堂吉诃德，可以被人看成喜剧的，也可以被人看作悲剧的。电影巨匠卓别林也许是另一个实例。他是世所公认的大喜剧家，他的影片却每每使我起悲剧感，他引起的笑是“带泪的笑”。看《城市之光》时，我暗中佩服他是现代一位最大的悲剧家。他的作品使我想起对丑恶事物的笑或许是一种本能性的安全瓣，我对丑恶事物的笑，说明我可以不被邪恶势力压倒，我比它更强有力，可以和它开玩笑。卓别林的笑仿佛有这么一点意味。

因此，我觉得现在大可不必从概念上来计较悲剧的定义和区别。我们当然不可能“复兴”西方古典型的单纯的悲剧和喜剧。正在写这封信时，我看到最近上演的一部比较成功的话剧《未来在召唤》，在感到满意之余，我就自问：这部剧本究竟是悲剧还是喜剧？它的圆满结局不能使它列入悲剧范畴，它处理现实矛盾的严肃态度又不能使它列入喜剧。我从此想到狄德罗所说的“严肃剧”或许是我们的戏剧今后所走的道路。我也回顾了一下我们自己的戏剧发展史，凭非常浅薄的认识，我感到我们中国民族的喜剧感向来很强，而悲剧感却比较薄弱。其原因之一是我们的“诗的正义感”很强，爱好大团圆的结局，很怕看到亚理斯多德所说的“像我们自己一样的好人因小过错而遭受大的灾祸”。不过这类不符合“诗的正义”（即“善有善报，恶有恶报”）的遭遇在现实世界中却是经常发生的。“诗的正义感”本来是个善良的愿望，我们儒家的中庸之道和《太上感应篇》的影响也起了不少的作用。悲剧感薄弱毕竟是个弱点，看将来历史的演变能否克服这个弱点吧。

现在回到大家在热烈讨论的“社会主义时代还要不要悲剧和喜剧”这个问题，这只能有一个实际意义：社会主义社会里是否还有悲剧性和喜剧性的人和事。过去十几年林彪和“四人帮”的血腥的法西斯统治已对这个问题作出了明确的答复：当然还有！在理论上辩证唯物主义和历史唯物主义也早就对这个问题作了根本性的答复。历史是在矛盾对立斗争中发展的，只要世界还在前进，只要它还没有死，它就必然要动，动就有矛盾对立斗争的人和事，即有需要由戏剧来反映的现实材料和动作情节。这些动作情节还会是悲喜交错的，因为悲喜交错正是世界矛盾对立斗争在文艺领域的反映，不但在戏剧里是如此，在一切其它艺术里也是如此；不但在社会主义时代如此，在未来的共产主义时代也还是如此。祝这条历史长河永流不息！

结束语：“还须弦外有余音”

朋友们：

限于篇幅、时间和个人的精力，这些谈美的信只得暂告结束了。回顾写过的十二封信，我感到有些欠缺应向读者道歉。

首先，有些看过信稿的朋友告诉我，“看过你在解放前写的那部《谈美》，拿这部新作和它比起来，我们感觉到你现在缺乏过去的那种亲切感和深入浅出的文笔了；偶尔不免有‘高头讲章’的气味，不大好懂，有时甚至老气横秋，发点脾气。”我承认确实有这些毛病，并且要向肯向我说直话的朋友们表示感激。既然在和诸位谈心，我也不妨直说一下我的苦衷。旧的《谈美》是在半个世纪以前我自己还是一个青年的大学生时代写的。那时我和青年们接触较多，是他们的知心人，我自己的思想情感也比现在活跃些，而现在我已是一个进入八十三岁的昏聩老翁了，这几十年来一直在任教和写“高头讲章”，脑筋惯在抽象理论上兜圈子，我对“四人帮”的迫害倒不是“心有余悸”而是“心有余恨”，对文风的丑恶现象经常发点脾气，这确实是缺乏涵养。我不能以一个龙钟老汉冒充青年人来说话，把话说得痛快淋漓，我只好认输，对青年人还有一大段光明前程只有深为羡慕而已。

“高头讲章”的气味我也不太欣赏，所以动笔行文时也力求避免写成教科书。写出来的也决够不上教科书的水平。好在《美学概论》和《文学概论》之类著作现在也日渐多起来了，我何必去滥竽充数呢？我之终于答应写《谈美书简》，一则是要报答来信来访和来约者的盛意，二则是从解放以来我一直在抓紧时间学习马列主义经典著作，对过去自己的言论中错误和不妥处也日渐有所认识，理应趁这段行将就木的余年向读者作个检查或“交代”。

其次，朋友们来信经常问到学美学应该读些什么书。他们深以得不到想读的书为苦，往往要求我替他们买书和供给资料。他们不知道我自己在六十年代以后也一直在闭关自守，坐井观天，对国际学术动态完全脱节，所以对这类来信往往不敢答复。老一点的资料我在《西方美学史》下卷附录里已开过一个“简要书目”，其中大多数在国内还是不易找到的。好在现在书禁已开，新出版的书刊已日渐多起来了，真正想读书的当不再愁没有书读了。人愈老愈感到时间可贵，所以对问到学外语和美学的朋友们，我经常只进这样几句简短的忠告。不要再打游击战，像猴子掰苞谷，随掰随丢，要集中精力打歼灭战，要敢于攻坚。不过歼灭战或攻坚战还是要一仗接着一仗打，不要囫囵吞枣。学美学的人入手要做的第一件大事还是学好马列主义。不要贪多，先把《马克思恩格斯选集》通读一遍，尽量把它懂透，真正懂透是终生的事，但是先要养成要求懂透的习惯。其次，如果还没有掌握一种外语到能自由阅读的程度，就要抓紧补课，因为在今天学任何科学都要先掌握国际最新资料，闭关自守决没有出路。第三，要随时注意国内文艺动态，拿出自己的看法，如果有余力，最好学习一门性之所近的艺术：文学、绘画或音乐，避免将来当空头美学家或不懂文艺的文艺理论家。

第三，我写这十几封信只是以谈心的方式来谈常盘踞在我心里的一些问题，不是写美学课本，所以一般美学课本里必谈的还有很多问题我都没有详谈，例如内容和形式，创作、欣赏与批评，批判和继承，民族性和人民性，艺术家的修养之类问题。对这类问题我没有什么值得说的新见解，我就不必说了。不过我心里也还有几个大家不常说或则认为不必说而我却认为还值得说的问题，因为还没有考虑成熟，也不能在此多谈。

一个问题是我在《西方美学史》上卷“序论”里所提的意识形态属于上层建筑而不等于上层建筑的问题。我认为上层建筑中主要因素是政权机构，其次才是意识形态。这两项不能等同起来，因为政权机构是社会存在，而意识形态只是反映社会存在的社会意识。二者之间不能划等号，有马克思主义创始人的许多话可以为证。我当时提出这个问题，还有一个要把政治和学术区别开来的动机。我把这个动机点明，大家就会认识到这个问题的重要性，这是值得进一步讨论的，而且不是某个人或某部分人所能解决的，还须根据双百方针以民主方式进行深入讨论才行。现在这项讨论已开始展开了。我现在还须倾听较多的意见，到适当的时机再作一次总的答复，并参照提出的意见，进行一次自我检查。如果发现自己错了，我就坚决地改正，如果没有被说服，我就仍然坚持下去，不过这是后话了。

另一个大家不常谈而我认为还必须认真详谈的就是必然和偶然在文学中辩证统一的问题。我是怎样想起这个问题的呢？巴尔扎克在《人间喜剧》的“序言”里说过：“机缘是世界上最伟大的小说家，要想达到丰富，足消去研究机缘。”“机缘”是我用来试译原文hasard一个词，它本有“偶然碰巧”的意思，读到这句话时我觉得很有意思，但其中的道理我当时并没有懂透。后来我读到恩格斯在1890年9月初给约·布洛赫的信中有这样一段话：

> ……这里表现出这一切因素的交互作用，而在这种交互作用中归根到底是经济运动作为必然因素，通过无穷无尽的偶然事件（即这样一些事物，其中内部联系很疏远或很难确定，使我们把它们忽略掉甚至认为它们并不存在 ）而向前发展……（《马克思恩格斯选集》第4卷，第477页，译文略有改动。）

这就是说，必然要通过偶然而起作用。我就把这种偶然事件和巴尔扎克的“机缘”联系起来。我又联想到马克思关于拿破仑说过类似的话，以及普列汉诺夫在谈个人在历史中的作用时引用过法国帕斯卡尔的一句俏皮话：“如果埃及皇后克莉奥佩特拉（Cleopatra）的鼻子生得低一点，世界史也许会改观。”这些关于“偶然”的名言在我脑里就偶然成了一个火种在开始燃烧。等到今夏我看日本影片《生死恋》时，看到女主角夏子因试验爆炸失火而焚身，就把一部本来也许可写成喜剧的成变成一部令人痛心的悲剧，我脑子里那点火种便迸发成四面飞溅的火花。我联想到美学上许多问题，联想到许多文艺杰作特别是戏剧杰作里都有些“偶然”或“机缘”在起作用，突出的例子在希腊有俄狄浦斯弑父娶母的三部曲，在英国有莎士比亚的《罗米欧与朱丽叶》，在德国有席勒的《威廉·退尔》，在中国有《西厢记》和《牡丹亭》。中国小说向来叫做“志怪”或“传奇”，奇怪也者，偶然机缘也，不期然而然也。试想一想中国过去许多神怪故事，从《封神榜》、《西游记》、《聊斋》、《今古奇观》到近来的复映影片《大闹天宫》，如果没有那么多的偶然机缘，决不会那么引人入胜。它们之所以能引人入胜，就因为能引起惊奇感，而惊奇感正是美感中的一个重要因素。我因此想到正是偶然机缘创造出各民族的原始神话，而神话正是文艺的土壤。恩格斯解释“偶然事件”时说它们有“内部联系”，不过人对这种联系还没有认识清楚，也就是说还处于无知状态。人不能安于无知，于是幻想出这种偶然事件的创造者都是神。古希腊人认为决定悲剧结局的是“命运”，而命运又有“盲目的必然”的称号，意思也就是“未知的必然”。中国也有一句老话：“城隍庙里的算盘——不由人算”，这也是把未知的必然（即偶然）归之于天或神。这一方面暴露人的弱点，另一方面也显出人凭幻想去战胜自然的强大生命力。现实和文艺都不是一潭死水，纹风不动，一个必然扣着另一个必然，形成铁板一块，死气沉沉的。古人形容好的文艺作品时经常说“波澜壮阔”，或则说“风行水上，自然成纹”，因此就表现出充沛的生命力和高度的自由，表现出巧妙。“巧”也就是偶然机缘，中国还有一句老话：“无巧不成书”，也就是说，没有偶然机缘就创造不出好作品。好作品之中常有所谓“神来之笔”。过去人们迷信“灵感”，以为好作品都要凭神力，其实近代心理学已告诉我们，所谓“灵感”不过是作者在下意识中长久酝酿而突然爆发到意识里，这种突然爆发却有赖于事出有因而人尚不知其因的偶然机缘。法国大音乐家柏辽兹曾替一首诗作乐谱，全诗都谱成了，只剩收尾“可怜的兵士，我终于要再见法兰西”一句，就找不到适合的乐调。搁下两年之后，他在罗马失足落水，爬起来时口里所唱的乐调正是两年前苦心搜寻而没有获得的。他的落水便是一种偶然机缘。杜甫有两句诗总结了他自己的创作经验：“读书破万卷，下笔如有神。”“神”就是所谓“灵感”，像是“偶然”，其实来自“读书破万卷”的辛勤劳动。这就破除了对灵感的迷信。我国还有一句老话：“熟中生巧”，灵感也不过是熟中生巧，还是长期锻炼的结果。“能令百炼钢，化为绕指柔”[①]，才使人感到巧，才产生美感。这种美感从跳水、双杠表演、拳术、自由体操的“绝技”和“花招”中最容易见出。京剧“三岔口”之所以受到欢迎，也在许多应付偶然的花招所引起的惊奇感。

我抱着“偶然机缘”这个问题左思右想，愈想下去就愈觉得它所涉及的范围甚广。前信所谈到的喜剧中“乖讹”便涉及“偶然机缘”，我国最有科学条理的文论家刘勰在《文心雕龙》里特辟“谐隐”一章来讨论说笑话和猜谜语，也足见他重视一般人所鄙视的文字游戏。文字游戏不应鄙视，因为它受到广大人民的热烈欢迎，它是一般民歌的基本要素，也

① 原诗为“何意百炼刚，化为绕指柔”。出自刘琨《重赠卢谌》。——编者注

是文人诗词的一个重要组成部分。民歌最富于“谐趣”（就是所谓“幽默感”）。真正的“谐”大半是“不虐之谑”，谐的对象总有某种令人鄙视而不至遭人痛根的丑陋和乖讹。例如一首流行的民歌：

一个和尚挑水喝，两个和尚抬水喝，三个和尚没水喝。

出乎情理之常的是“三个和尚没水喝”，非必然而竟然，所以成为笑柄，也多少是一个警告。“隐”就是“谜”，往往和“谐”联系在一起，例如四川人嘲笑麻子：

啥？豆巴，满面花，雨打浮沙，蜜蜂错认家，荔枝核桃苦瓜，满天星斗打落花。

这就是谐、隐和文字游戏的结合，讥刺容貌丑陋为谐，以谜语出之为隐，取七层宝塔的形式，一层高一层，见出巧妙的配搭为文字游戏。谐最忌直率，直率不但失去谐趣，而且容易触讳招尤，所以出之以“隐”，饰之以文字游戏。就可以冲淡讥刺的一点恶意，而且嵌合巧妙，令人惊喜，产生谐所特有的一种快感。这种快感就是美感。可笑的事物好比现实世界的一池死水偶然皱起微波，打破了沉闷，但它毕竟有些丑陋乖讹，也不免引起轻微的惋惜的不快感，从此也可见美感的复杂性，不易纳到一个公式概念里去 。

谐是雅俗共赏的，所以它最富于社会性，托尔斯泰在《艺术论》里特别强调文艺的传染情感的功用，而所传染的情感之中他也指出笑谑，认为它也能密切人与人的关系。刘勰解释谐时说："谐之言皆也，辞浅会俗，皆悦笑也"，这也足说明谐的社会功用。要印证这个道理，最好多听相声。相声是谐的典型，也是雅俗共赏的一种曲艺。因此，在粉碎"四人帮"之后我国文艺重新繁荣的景象首先见之于相声，继侯宝林和郭全宝之后出现了一大批卓越的相声演员。连像我这个专搞理论、一本正经的老学究对一般带理论气味的一本正经的话剧和电影剧并不太爱看，但每遇到相声专场，我只要抽出闲空就必看，看了总感到精神上舒畅了一下，思想也多少得到了解放，也就是说，从一些偶然机缘中认识到一些人情世态乃至一些关于美和美感的道理。

我从这种文字游戏想到文艺与游戏的关系。过去我是席勒、斯宾塞尔和谷鲁斯的信徒，认为文艺起源于游戏说是天经地义。从解放后学习马克思主义以来，我就深信文艺起源于劳动，放弃了文艺起源于游戏的说法。近来我重新研究谐隐与文字游戏，旧思想又有些“回潮”，觉得游戏说还不可一笔抹煞。想来想去，我认为把文艺看作一种生产劳动是马克思主义者所必坚持的不可逆转的定论，但在文艺这种生产劳动中游戏也确实是一个极其重要的因素。理由之一就是，马克思和恩格斯都指出的必然要透过偶然而起作用，而偶然机缘在文艺中突出地表现于游戏，特别是在于所渭“戏剧性的暗讽”。理由之二是劳动与游戏的对立是资本主义社会中劳动异化的结果，到了消除了劳动异化，进入了共产主义时代，一切人的本质活动都会变成自由的、无拘无碍的，劳动与游戏的对立就不复存在。

我对这个问题还没有考虑成熟，不过我感觉到与游戏密切相关的偶然机缘在文艺中的作用这个问题还大有文章可做，而且也很有现实意义。我准备继续研究下去，并且希望爱好文艺和美学的朋友们都来研究一下这个问题，各抒已见，引起讨论，或可以解放一下思想。

我很喜爱漫画师丰子恺老友的两句诗：“常喜小中能见

大，还须弦外有余音。”现在就留下偶然机缘这个问题请诸位研究，就算是我的弦外余音，留有余不尽之意吧。再见，祝诸位奋勇前进！